兩人一組！ ②
開口就能學日語

ペアワークで学ぶ日本語

中村直孝、林怡君 合著

　　現在、台湾では多くの質の高い日本語教科書が販売されていますが、学習者が意欲を持って学習するのに、十分ではないと私たちは感じていました。それは、ミラーさんが自転車を持っているかどうかに学習者は興味を持つことはないからです。では、学習者が興味を持てる発話内容とは何でしょうか。それは、①自分や相手のことについて、②興味を持てることを、③自律的に、④理解できる語彙で、話せることだと私たちは考え、その方法を模索してきました。その方法の一つが、ペアワーク練習です。学習者個人のことについてペアワークで問答し合うという方法に着目し、実際に10年ほどそうした自作教材を作って自分たちの教育現場で使い続けてきました。学習者が笑いながらペアワークで練習している様子から、この方法は学習者の動機を高め、個別的な練習ができる点で効果があると自信を持ちました。こうした教材を、より一般的な内容に手直ししたのが、本書になります。

　　本書の練習では次のような利点があります。

1）二人一組での練習なので、多人数のクラスでも使用が可能です。しかし、その反面正しく会話できているかどうか、教師が把握できないため、適切なフィードバックが必要です。

2）話題も文型も提示されていますが、語彙の選択などは学習者が自律的にしなければならない練習が多く、より実践的な練習ができます。定型のパターンプラクティスなどでは特に問題のなかった学生でも、実はあまり実践的な会話ができない場合がありますが、そうした学生に指導が可能となります。

3）学習者同士の交流によって、学習の促進が期待できます。多くの練習で、学習者自身の個人的な状況について答える活動を取り入れています。母の日にプレゼントをしたかどうか、どんなプレゼントを

したかなど、日常の些細な事柄についての問答ですが、そうした情報の積み重ねは、学習者の交流を促進し、学習意欲を高めていくと考えられます。

　本書は、多くの人の協力と忍耐によって完成いたしました。心より感謝いたします。

中村直孝　林怡君

本書適用所有日語教師及讀者。

可搭配所有日語讀本使用，亦可單獨作為會話教材。

學習步驟：

1 兩人一起學習：

　　本書共 50 課。每一課課程開始前，建議兩人一組，一位持 A 面，一位持 B 面。

2 「文法練習」：

　　在進入課程前，學習並練習該課的重要文法。A 面和 B 面的題目不同，兩面皆須書寫練習。

3 「会話パターン」：

　　為該課對話的範本。根據範本，代入各種動詞及單字，就能靈活運用在「話してみましょう」的會話練習。

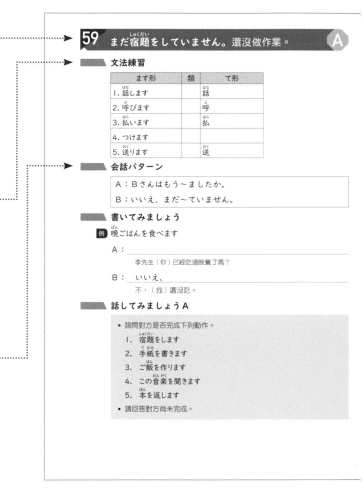

59 まだ宿題をしていません。還沒做作業。 **A**

文法練習

ます形	類	て形
1. 話します		話
2. 呼びます		呼
3. 払います		払
4. つけます		
5. 送ります		送

会話パターン

A：Bさんはもう～ましたか。

B：いいえ、まだ～ていません。

書いてみましょう

例 晩ごはんを食べます

A：＿＿＿＿＿＿＿＿＿＿＿＿＿＿＿

　　李先生（你）已經吃過晚餐了嗎？

B：いいえ、＿＿＿＿＿＿＿＿＿＿＿

　　不，（我）還沒吃。

話してみましょうA

• 詢問對方是否完成下列動作。

　1. 宿題をします

　2. 手紙を書きます

　3. ご飯を作ります

　4. この音楽を聞きます

　5. 本を返します

• 請回答對方尚未完成。

4 「書いてみましょう」、「話してみましょう」：

以「書いてみましょう」為範本，A面為練習，B面為參考答案，前進「話してみましょう」互相詢問，須將對方的回答記錄下來，並參考「書いてみましょう」給予回應，以達成對話練習。

A、B兩頁上的參考單字及句子，可幫助該頁回答對方問題時使用，故建議學習者，可以不看對方那頁，直接進行回答，會有更佳的學習成效。

---

59 まだ宿題をしていません。還沒做作業。 Ⓑ

■ **文法練習**

ます形	類	て形
6. します		
7. 書きます		書
8. 作ります		作
9. 聞きます		聞
10. 返します		返

■ **会話パターン**

A：Bさんはもう～ましたか。

B：いいえ、まだ～ていません。

■ **書いてみましょう（答え）** ◀

例 晩ごはんを食べます

A： 李さんはもう晩ごはんを食べましたか。

　　 李先生（你）已經吃過晚餐了嗎？

B： いいえ、まだ食べていません。

　　 不，（我）還沒吃。

■ **話してみましょうB** ◀

• 請回答對方尚未完成。
• 詢問對方是否完成下列動作。
6. 先生に話します
7. 鈴木さんを呼びます
8. お金を払います
9. 電気をつけます
10. メールを送ります

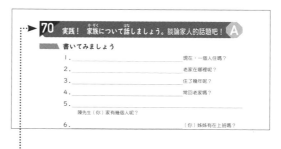

70 実践！ 家族について話しましょう。談論家人的話題吧！ Ⓐ

■ **書いてみましょう**

1. ＿＿＿＿＿＿＿＿＿＿　　　　現在，一個人住嗎？
2. ＿＿＿＿＿＿＿＿＿＿　　　　老家在哪裡呢？
3. ＿＿＿＿＿＿＿＿＿＿　　　　住了幾年呢？
4. ＿＿＿＿＿＿＿＿＿＿　　　　常回老家嗎？
5. 陳先生（你）家有幾個人呢？
6. ＿＿＿＿＿＿＿＿＿＿　　　　（你）姊姊有在上班嗎？

---

5 「実践」：

每10課會有一回「実践」的單元，該單元以兩人為一組的形式，進行自由對話，可參考「書いてみましょう」、「会話の例」、「参考単語・表現」等，完成實際對話。

＊「**文法練習**」中出現過的單字，在「**話してみましょう**」裡不會再標注假名，所以請先牢記單字後，再進行對話練習。此外，原則上數字亦不會標注假名，但如「２０歳」等特殊發音則會提供。

目次

文法練習

	ます形	類	て形
例	つけます	2	つけて
1.	貸します	1	貸
2.	消します	1	消
3.	閉めます	2	閉
4.	書きます	1	書
5.	乗ります	1	乗
6.	持って来ます	3	持って来

```
1 み、び、に → んで
  い、り、ち → って
  き → いて
  ぎ → いで
  し → して
  （行きます → 行って）
2 ～ます → ～て
3 来ます → 来て
  します → して
```

会話パターン

A：すみません。～てください。

B：（名詞）ですね。わかりました。

書いてみましょう

例 電気をつけます

A：＿＿＿＿＿＿＿＿＿＿＿＿＿＿＿＿＿＿　不好意思，請開電燈。

B：＿＿＿＿＿＿＿＿＿＿＿＿＿＿＿＿＿＿　電燈嗎？我知道了。

話してみましょうA

- 麻煩對方做下列動作。

  1. 写真を撮ります
  2. 電話番号を教えます
  3. ドアを開けます
  4. 塩を取ります
  5. 2000円、払います
  6. メールを送ります

- 被拜託時，請以「（名詞）ですね。わかりました。」回答。

文法練習

ます形	類	て形
7. 撮ります	1	撮
8. 教えます	2	教
9. 開けます	2	開
10. 取ります	1	取
11. 払います	1	払
12. 送ります	1	送

1 み、び、に → んで
  い、り、ち → って
  き → いて
  ぎ → いで
  し → して
  （行きます → 行って）
2 ～ます → ～て
3 来ます → 来て
  します → して

会話パターン

A：すみません。～てください。

B：（名詞）ですね。わかりました。

書いてみましょう（答え）

例 電気をつけます

A： すみません、電気をつけてください。　不好意思，請開電燈。

B： 電気ですね。わかりました。　電燈嗎？我知道了。

話してみましょうB

- 被拜託時，請以「（名詞）ですね。わかりました。」回答。
- 麻煩對方做下列動作。
  7. 1000円、貸します
  8. エアコンを消します
  9. 窓を閉めます
  10. 名前を書きます
  11. 9番のバスに乗ります
  12. コップを持って来ます

52 はい、書いてください。對，請寫。

文法練習

ます形	類	て形
例 書きます	1	書いて
1. 見せます		見
2. 見ます		見
3. 手伝います		手伝
4. 飲みます		飲
5. 行きます		行

会話パターン

A：～ますか。

B：はい、～てください。

書いてみましょう

例 今、書きます

A：＿＿＿＿＿＿＿＿＿＿＿（我）現在要寫嗎？

B：　はい、＿＿＿＿＿＿＿＿　對，請（你）寫。

話してみましょうA

- 請對自己接下來要做的事，提出疑問。
  1. 今、ここを読みます
  2. 今、そのことを話します
  3. 写真を撮ります
  4. 車をここに止めます
  5. ここで待ちます
- 回應對方提出的疑問，並請對方照著做。

13

52 はい、書いてください。對，請寫。 B

文法練習

ます形	類	て形
6. 読みます	I	読
7. 話します		話
8. 撮ります		撮
9. 止めます		止
10. 待ちます		待

会話パターン

A：〜ますか。

B：はい、〜てください。

書いてみましょう（答え）

例 今、書きます

A： ＿＿今、書きますか。＿＿＿＿＿＿＿＿＿（我）現在要寫嗎？

B： ＿＿はい、書いてください。＿＿＿＿＿對，請（你）寫。

話してみましょうB

- 回應對方提出的疑問，並請對方照著做。

  6. 今、パスポートを見せます

  7. 今、答えを見ます

  8. 手伝います

  9. この薬を飲みます

  10. 今、事務室に行きます

- 請對自己接下來要做的事，提出疑問。

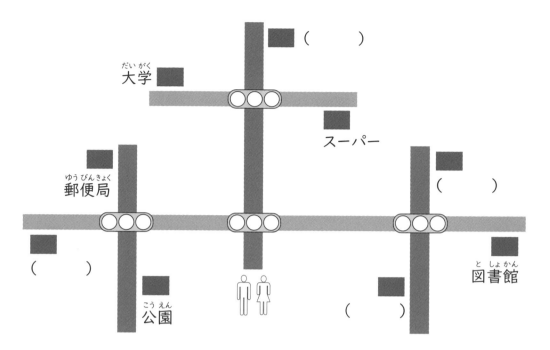

( )

大学

スーパー

郵便局

( )

( )

図書館

( )

公園

（人物）

会話パターン

A：すみません。～はどこですか。

B：この信号を～てください。それから、次の信号を～てください。

書いてみましょう

例 大学

A：＿＿＿＿＿＿＿＿＿＿＿＿

請問，大學在哪裡呢？

B：＿＿＿＿＿＿＿＿＿＿＿＿

＿＿＿＿＿＿＿＿＿＿＿＿

請這個紅綠燈直走。然後，請在下一個紅綠燈左轉。

話してみましょうA

- 看圖詢問對方下列四個地點分別在哪？並在地圖（ ）中標示。
  1.銀行 2.本屋 3.デパート 4.ホテル
- 按圖依序指引對方。

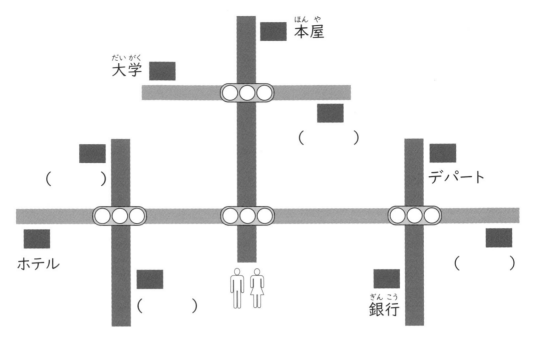

会話パターン

A：すみません。〜はどこですか。

B：この信号を〜てください。それから、次の信号を〜てください。

書いてみましょう（答え）

例 大学

A： すみません、大学はどこですか。

請問，大學在哪裡呢？

B： この信号をまっすぐ行ってください。

それから、次の信号を左に曲がってください。

請這個紅綠燈直走。然後，請在下一個紅綠燈左轉。

話してみましょうB

- 按圖依序指引對方。

- 看圖詢問對方下列四個地點分別在哪？並在地圖（　　　）中標示。
  5.公園　6.スーパー　7.図書館　8.郵便局

54　持ちましょうか。我來拿吧！

■ 会話パターン

> A：（状況説明）。
>
> B：じゃ、〜ましょうか。
>
> A：はい、お願いします。 ／ いいえ、大丈夫です。

■ 書いてみましょう

例 ちょっと寒いです。

A：　あのう、＿＿＿＿＿＿＿＿＿＿＿＿＿＿＿＿　嗯……（我）有一點冷。

B：　じゃ、＿＿＿＿＿＿＿＿＿＿＿＿＿＿＿＿　那，我來關冷氣吧！

A：　はい、＿＿＿＿＿＿＿ ／ いいえ、＿＿＿＿＿

　　　好的，麻煩你。／不，不用了。

■ 話してみましょうA

- 說明自己的狀況，且當對方表示協助時，回應對方是否接受。
  1. 荷物が重いです。
  2. ちょっと暗いです。
  3. 財布を忘れました。
  4. 来週一人で引っ越しします。
- 針對對方提出之狀況，打算協助對方，並給予回應。

54 持ちましょうか。我來拿吧！

会話パターン

> A：（状況説明）。
>
> B：じゃ、～ましょうか。
>
> A：はい、お願いします。 ／ いいえ、大丈夫です。

書いてみましょう（答え）

例 ちょっと寒いです。

A： あのう、ちょっと寒いです。　　　　嗯……（我）有一點冷。

B： じゃ、エアコンを消しましょうか。

　　那，我來關冷氣吧！

A： はい、お願いします。 ／ いいえ、大丈夫です。

　　好的，麻煩你。 ／ 不，不用了。

話してみましょうB

- 針對對方提出之狀況，打算協助對方，並給予回應。
- 說明自己的狀況，且當對方表示協助時，回應對方是否接受。

    5. 傘がありません。
    6. ちょっと暑いです。
    7. 彼（彼女）と二人の写真を撮りたいです。
    8. 宿題が難しくて、全然わかりません。

書いてみましょう

例 張さん
^{ちょう}

A : _____

張先生在喝啤酒嗎？

B : _____

不，張先生沒有喝啤酒喔。

A : _____

那，張先生在看電視嗎？

B : _____

是，張先生在看電視。

話してみましょうＡ

- 以「林さんは～ていますか」方式提問，尋找下列六位「林、李、王、呉、蔡、陳」等人，分別是圖中的哪位？不能直接以「林さんは何をしていますか」進行詢問。

林 李 王 呉 蔡 陳

- 請回答對方。

書いてみましょう（答え）

例 張さん

A： 張さんはビールを飲んでいますか。

張先生在喝啤酒嗎？

B： いいえ、張さんはビールを飲んでいませんよ。

不，張先生沒有喝啤酒喔。

A： じゃ、張さんはテレビを見ていますか。

那，張先生在看電視嗎？

B： はい、張さんはテレビを見ています。

是，張先生在看電視。

話してみましょうB

- 請回答對方。

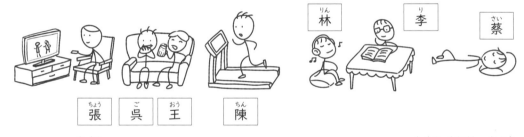

- 以「田中さんは〜ていますか」方式提問，尋找下列六位「田中、高橋、佐藤、山本、小林、鈴木」等人，分別是圖中的哪位？不能直接以「田中さんは何をしていますか」進行詢問。

田中 高橋 佐藤 山本 小林 鈴木

文法練習

	ます形	類	て形
例	入ります	I	入って
1.	します		
2.	飲みます		飲
3.	行きます		行
4.	泳ぎます		泳
5.	書きます		書
6.	飲みます		飲

会話パターン

A：〜ていますか。
B：（自分の状況）。

書いてみましょう

例　朝、お風呂に

A：_____（你）早上洗澡嗎？

B：　いいえ、_____
　　　不，（我）早上不洗澡。

話してみましょうA

- 放入適當動詞，詢問對方的習慣。

　1.　たくさん野菜を
　2.　毎日、日本語を
　3.　日曜日もここへ
　4.　いつも8時前に家に
　5.　時々、たばこを
　6.　よく自転車に

- 依自己現況回答。

56　よく運動していますか。常運動嗎？

文法練習

ます形	類	て形
7.　食べます		食
8.　勉強します		勉強
9.　来ます		来
10.　帰ります		帰
11.　吸います		吸
12.　乗ります		乗

会話パターン

> A：〜ていますか。
> B：（自分の状況）。

書いてみましょう（答え）

例　朝、お風呂に

A：　朝、お風呂に入っていますか。　　　　（你）早上洗澡嗎？

B：　いいえ、朝はお風呂に入っていません。

　　不，（我）早上不洗澡。

話してみましょうB

- 依自己現況回答。

- 放入適當動詞，詢問對方的習慣。

　7.　よく運動を

　8.　毎日、コーヒーを

　9.　毎週、デパートに

　10.時々、プールで

　11.日記を

　12.よくお酒を

文法練習

ます形	類	て形
1. 飲みます		飲
2. 帰ります		帰
3. 入ります		入
4. 見ます		見
5. 浴びます		浴

会話パターン

A：私はいつも X てから、Y ます。

B：そうですか。私は Y てから、X ます。

書いてみましょう

例 お風呂に入ります　ごはんを食べます

A：＿＿＿＿＿＿＿＿＿＿＿＿＿＿＿＿＿＿＿＿＿＿＿＿

　　我是（先）洗澡（再）吃飯。

B：＿＿＿＿＿＿＿＿＿＿＿＿＿＿＿＿＿＿＿＿＿＿＿＿

　　那樣啊。我是（先）吃飯（再）洗澡。

話してみましょうA

- 請將下列動作依序描述。

  1. 好きな物を食べます　　嫌いな物を食べます
  2. 家を出ます　　　　　　化粧をします
  3. 寝ます　　　　　　　　勉強します
  4. 会社に行きます　　　　朝ごはんを食べます
  5. 旅行を計画します　　　飛行機のチケットを買います

- 將對方所敘述的動作順序相反，回應對方。

文法練習

ます形	類	て形
6. 食べます		食
7. 出ます		出
8. 寝ます		寝
9. 行きます		行
10. 買います		買

会話パターン

A：私はいつも X てから、Y ます。

B：そうですか。私は Y てから、X ます。

書いてみましょう（答え）

例 お風呂に入ります ごはんを食べます

A： 私はお風呂に入ってから、ごはんを食べます。

我是（先）洗澡（再）吃飯。

B： そうですか。私はご飯を食べてから、お風呂に入ります。

那樣啊。我是（先）吃飯（再）洗澡。

話してみましょうB

- 將對方所敘述的動作順序相反，回應對方。

- 請將下列動作依序描述。

  6. 料理を食べます　スープを飲みます
  7. 食事をします　家に帰ります
  8. 宿題をします　お風呂に入ります
  9. 映画を見ます　ごはんを食べます
  10. シャワーを浴びます　散歩します

文法練習

	て形
例 おもしろい	おもしろくて
1. いい	
2. 元気	
3. お金持ち	

会話パターン

A：X（くて ／ で）、Y（い ／ な ／ の）人が好きですか。

B：はい、Y（くて ／ で）、X（い ／ な ／ の）人が好きです。

書いてみましょう

例 元気 背が高い（人）

A：＿＿＿＿＿＿＿＿＿＿＿＿＿＿＿＿＿＿＿＿＿＿

（你）喜歡又健康、身高又高的人嗎？

B：＿＿＿＿＿＿＿＿＿＿＿＿＿＿＿＿＿＿＿＿＿＿

是，（我）喜歡身高又高、又健康的人。

話してみましょうA

- 請詢問對方，喜歡下列這樣的人嗎？

　1. かわいい　　若い　　　　（人）
　2. おもしろい　元気　　　　（人）
　3. お金持ち　　背が高い　　（人）
　4. 頭がいい　　親切　　　　（人）
　5. 小さい　　　使い方が簡単（スマホ）

- 回答對方，將對方所描述的順序相反，表示喜歡。

文法練習

		名詞修飾
例	おもしろい＋人	おもしろい人
	4.元気＋人	
	5.お金持ち＋人	

会話パターン

A：X（くて／で）、Y（い／な／の）人が好きですか。

B：はい、Y（くて／で）、X（い／な／の）人が好きです。

書いてみましょう（答え）

例 元気 背が高い（人）

A： 元気で、背が高い人が好きですか。

（你）喜歡又健康、身高又高的人嗎？

B： はい、背が高くて、元気な人が好きです。

是，（我）喜歡身高又高、又健康的人。

話してみましょうB

- 回答對方，將對方所描述的順序相反，表示喜歡。
- 請詢問對方，喜歡下列這樣的人嗎？

6. 優しい　　　　静か　　　（人）

7. 大きい会社の社員　頭がいい　（人）

8. にぎやか　　　　明るい　　（人）

9. 髪が長い　　　　目が大きい（人）

10.軽い　　　　　便利　　　（スマホ）

文法練習

ます形	類	て形
1. 話します		話
2. 呼びます		呼
3. 払います		払
4. つけます		
5. 送ります		送

会話パターン

A：Bさんはもう〜ましたか。

B：いいえ、まだ〜ていません。

書いてみましょう

例 晩ごはんを食べます

A：＿＿＿＿＿＿＿＿＿＿＿＿＿＿

　　李先生（你）已經吃過晚餐了嗎？

B：　いいえ、＿＿＿＿＿＿＿＿＿＿

　　不，（我）還沒吃。

話してみましょうA

- 詢問對方是否完成下列動作。
  1. 宿題をします
  2. 手紙を書きます
  3. ご飯を作ります
  4. この音楽を聞きます
  5. 本を返します
- 請回答對方尚未完成。

文法練習

ます形	類	て形
6. します		
7. 書きます		書
8. 作ります		作
9. 聞きます		聞
10. 返します		返

会話パターン

A：Bさんはもう～ましたか。

B：いいえ、まだ～ていません。

書いてみましょう（答え）

例 晩ごはんを食べます

A：　李さんはもう晩ごはんを食べましたか。

李先生（你）已經吃過晚餐了嗎？

B：　いいえ、まだ食べていません。

不，（我）還沒吃。

話してみましょうB

- 請回答對方尚未完成。

- 詢問對方是否完成下列動作。

　　6. 先生に話します

　　7. 鈴木さんを呼びます

　　8. お金を払います

　　9. 電気をつけます

　　10.メールを送ります

書いてみましょう

1. _____ （你）會早上洗澡嗎？

2. _____ （你）常常運動嗎？

3. _____ （你）會騎摩托車嗎？

4. _____

（你）會給家人生日禮物嗎？

5. _____

（你）常常玩手機遊戲嗎？

6. _____

（你）在家裡會＊穿拖鞋嗎？

＊ 穿拖鞋：スリッパをはきます

会話の例

A：Bさんは運転をしていますか。

B：はい、毎日運転をしていますよ。

A：毎日何分くらい運転をしていますか。

B：20分くらいですね。

A：大変ですか。

B：いえ、大丈夫ですよ。Aさんはよく運転をしていますか。

A：いいえ、毎日MRTとバスに乗っています。

B：バイクは？

A：怖いですから、全然乗っていません。

書いてみましょう（答え）

1. 朝、シャワーを浴びていますか。（你）會早上洗澡嗎？

2. よく運動していますか。（你）常常運動嗎？

3. バイクに乗っていますか。（你）會騎摩托車嗎？

4. 家族に誕生日プレゼントをあげていますか。
   （你）會給家人生日禮物嗎？

5. よくスマホのゲームをしていますか。
   （你）常常玩手機遊戲嗎？

6. 家でスリッパをはいていますか。
   （你）在家裡會穿拖鞋嗎？

参考単語・表現

A 問 B	B 問 A
● MRT	● 市場
● 昼ご飯	● 日記
● 朝、シャワー	● 朝ごはん
● 晩ごはん	● お酒
● 映画	● コンタクト
● バス	● 水泳
● 運動	● 睡眠中、エアコン
● バイク	● 運転
● 友達に誕生日プレゼント	● 家でスリッパ
● スマホのゲーム	● 勉強
● アニメ	● お風呂

61 きれいになりましたね。變漂亮了耶！/ 變乾淨了耶！

文法練習

		「〜なります」（変化）
例	おいしい	（おいしく）なります。變好吃。
1.	調子がいい	調子が（　　　）なります。狀況變好。
2.	有名	（　　　）なります。變有名。
3.	20歳	（　　　）なります。變20歳。

会話パターン

A：〜ですね。

B：そうですね。〜（く / に）なりましたね。

書いてみましょう

例 今日は（寒い）

A：＿＿＿＿＿＿＿＿＿＿＿＿＿＿＿＿＿＿＿

今天好冷喔！

B：＿＿＿＿＿＿＿＿＿＿＿＿＿＿＿＿＿＿＿

是啊！變冷了耶！

話してみましょうA

- 對對方說「〜ですね」。
  1. みんな、日本語が（上手）
  2. この辺は人が（多い）
  3. 駅の近くは（便利）
  4. 最近、子供が（少ない）
  5. 今日は（暖かい）

- 認同對方說的內容，並回答最近的確變得如此。

文法練習

例 今日は雨ですが、明日は天気が（いい → よくなります）。

4. 今日はまだ暖かいですけど、来週から（寒い → 　　　　　　）よ。

5. 毎日、練習しましたから、日本語が（上手 → 　　　　　　　）。

6. 将来、いい人と結婚して、（幸せ → 　　　　　　　）。

7. 最近は子供が（少ない → 　　　　　　　）。

会話パターン

A：～ですね。

B：そうですね。～（く / に）なりましたね。

書いてみましょう（答え）

例 今日は（寒い）

A：　今日は寒いですね。　　　　　　　　　　今天好冷喔！

B：　そうですね。寒くなりましたね。　　是啊！變冷了耶！

話してみましょうB

- 認同對方說的內容，並回答最近的確變得如此。

- 對對方說「～ですね」。

　　6. この辺は（うるさい）

　　7. 駅の周りは（きれい）

　　8. 最近は（暇）

　　9. 日本語の授業は（難しい）

　　10. 最近、先生は（優しい）

でも、今日は涼しくなりましたよ。但是,今天變冷了喔！

■■ 会話パターン

> A：〜かったですね。 ／ 〜でしたね。
> B：でも、今は〜（く ／ に）なりましたよ。

■■ 書いてみましょう

例 先週は（寒い）

A：＿＿＿＿＿＿＿＿＿＿＿＿＿＿＿＿＿＿

　　上禮拜很冷耶。

B：＿＿＿＿＿＿＿＿＿＿＿＿＿＿＿＿＿＿

　　但是，現在變暖和了喔。

■■ 話してみましょうA

> - 向B敘述過去的事情。
>   1. 先週は（忙しい）
>   2. 先週は天気が（悪い）
>   3. 昔は子供が（多い）
>   4. 去年、ここはとても（にぎやか）
>   5. 去年、私は日本語がすごく（下手）
> - 告訴B現在跟之前不一樣。

会話パターン

> A：〜かったですね。 ／ 〜でしたね。
>
> B：でも、今は〜（く ／ に）なりましたよ。

書いてみましょう（答え）

例 先週は（寒い）

A： 先週は寒かったですね。

上禮拜很冷耶。

B： でも、今は暖かくなりましたよ。

但是，現在變暖和了喔。

話してみましょうB

- 告訴A現在跟之前不一樣。

- 向A敘述過去的事情。

  6. 去年は仕事が（大変）
  7. 先週は（暑い）
  8. 去年は円が（高い）
  9. 〜さんは、昔、臭豆腐がすごく（嫌い）
  10. 去年の授業の日本語は（簡単）

書いてみましょう

例 先生の携帯の番号（ × ）

A：_____
　　　知道老師的手機號碼嗎？

B：_____ 不，我不知道。

話してみましょうA

- 確認對方是否知道，並將對方回答以「○」或「×」做記號。

  1. 私の名前（　　　）
  2. トイレの場所（　　　）
  3. 私の家の住所（　　　）
  4. この学校の電話番号（　　　）
  5. 台北市の人口（　　　）

- 請依照自己狀況回答。

書いてみましょう

例 自転車（ × ）

A：_____
　　　擁有腳踏車嗎？

B：_____ 不，我沒有。

話してみましょうA

- 詢問對方是否擁有、持有，並將對方答覆以「○」或「×」做記號。

  6. パスポート（　）
  7. 釣りの道具（　）
  8. 日本円（　）
  9. コピー機（　）
  10. 赤いシャツ（　）

- 請依照自己狀況回答。

書いてみましょう（答え）

例 先生の携帯の番号（ × ）

A：　先生の携帯の番号を知っていますか。

知道老師的手機號碼嗎？

B：　いいえ、知りません。不，我不知道。

話してみましょうB

- 請依照自己狀況回答。
- 確認對方是否知道，並將對方回答以「○」或「×」做記號。

11. 先生の名前（　　　）
12. この学校の住所（　　　）
13. 私の携帯の番号（　　　）
14. この学校の名前（　　　）
15. SDGsという言葉（　　　）

書いてみましょう（答え）

例 自転車（ × ）

A：　自転車を持っていますか。　　擁有腳踏車嗎？

B：　いいえ、持っていません。　　不，我沒有。

話してみましょうB

- 請依照自己狀況回答。
- 詢問對方是否擁有、持有，並將對方答覆以「○」或「×」做記號。

16. バイク（　）
17. 日本語の辞書（　）
18. 電子レンジ（　）
19. 浴衣（　）
20. 車の免許証（　）

書いてみましょう

A：_____

（你）哥哥結婚了嗎？

B：_____

沒有，（我）哥哥沒有結婚。

A：_____

（你）哥哥住在哪裡？

B：_____

（我）哥哥住在台北。

A：_____

（你）哥哥在做什麼（工作）？

B：_____

（我哥哥）在市政府上班。

話してみましょうA

- 參考下表，詢問 B 關於他的家人的問題，並記錄下來。

	結婚 けっこん	居住地 きょじゅうち	仕事 しごと
（Bさんの）お兄さん にい	未婚 みこん / 既婚 きこん	台北 タイペイ	市役所 しやくしょ
（Bさんの）お姉さん ねえ	未婚 みこん / 既婚 きこん		
（Bさんの）妹さん いもうと	未婚 みこん / 既婚 きこん		
（Bさんの）弟さん おとうと	未婚 みこん / 既婚 きこん		

- 參考下表，回答有關自己家人的問題。

	結婚 けっこん	居住地 きょじゅうち	仕事 しごと
（自分の）兄 じぶん あに	既婚 きこん	大阪 おおさか	旅行会社 りょこうがいしゃ
（自分の）姉 じぶん あね	未婚 みこん	アメリカ	銀行 ぎんこう
（自分の）妹 じぶん いもうと	未婚 みこん	台南 たいなん	高校生 こうこうせい

※離婚した人は「未婚」です。離婚的人算「未婚」。
りこん ひと みこん

書いてみましょう（答え）

A：　お兄にいさんは結婚けっこんしていますか。

（你）哥哥結婚了嗎？

B：　いいえ、兄あには結婚けっこんしていません。

沒有，（我）哥哥沒有結婚。

A：　お兄にいさんはどこに住すんでいますか。

（你）哥哥住在哪裡？

B：　兄あには台北タイペイに住すんでいます。

（我）哥哥住在台北。

A：　お兄にいさんは何なにをしていますか。

（你）哥哥在做什麼（工作）？

B：　市役所しやくしょで仕事しごとをしています。

（我哥哥）在市政府上班。

話してみましょうB

• 參考下表，回答有關自己家人的問題。

	結婚 けっこん	居住地 きょじゅうち	仕事 しごと
（自分の）兄	未婚 みこん	台北 タイペイ	市役所 しやくしょ
（自分の）姉	既婚 きこん	名古屋 なごや	トヨタ
（自分の）妹	未婚 みこん	東京 とうきょう	大学生 だいがくせい
（自分の）弟	未婚 みこん	上海 シャンハイ	高校生 こうこうせい

• 參考下表，詢問 A 關於他的家人的問題，並記錄下來。

	結婚 けっこん	居住地 きょじゅうち	仕事 しごと
（Aさんの）お兄さん	未婚 既婚 みこん きこん		
（Aさんの）お姉さん	未婚 既婚 みこん きこん		
（Aさんの）妹さん	未婚 既婚 みこん きこん		

※離婚りこんした人ひとは「未婚みこん」です。離婚的人算「未婚」。

書いてみましょう

例 2日目（ふつかめ）

A：_____　第2天，要去哪裡呢？

B：_____　要去富士山。

A：_____　要怎麼去呢？

B：_____　要搭客運去。

A：_____　幾點會到達呢？

B：_____　11點半會到達。

話してみましょうA

東京周辺旅行計画（とうきょうしゅうへんりょこうけいかく）

日程（にってい）	目的地（もくてきち）	出発時間（しゅっぱつじかん）	交通手段（こうつうしゅだん）	到着時間（とうちゃくじかん）
最初の日（さいしょのひ）	浅草（あさくさ）	8:30	地下鉄（ちかてつ）	9:30
2日目（ふつかめ）	（富士（ふじ））山（さん）	9:00	（ バス ）	（ 11:30 ）
3日目（みっかめ）	（　）神宮（じんぐう）	（　：　）	（　）	9:40
4日目（よっかめ）	日光（にっこう）	7:00	電車（でんしゃ）	9:30
5日目（いつかめ）	（　）	9:30	（　）	（　：　）
6日目（むいかめ）	ひたち海浜（かいひん）（　）	（　：　）	（　）	（　：　）
最後の日（さいごのひ）	東京タワー（とうきょう）	9:00	歩いて（ある）	10:30

- 請針對上表（　　　）的部分向 B 提問。

- 請看著行程表回答對方的問題。

参考単語・表現

~を出ます（で）/ 出発します（しゅっぱつ）　出發~

~に着きます（つ）/ 到着します（とうちゃく）　到達~

書いてみましょう（答え）

例 2日目

A： 2日目は、どこに行きますか。　　第2天，要去哪裡呢？

B： 富士山に行きます。　　要去富士山。

A： どうやって行きますか。　　要怎麼去呢？

B： バスに乗って行きます。　　要搭客運去。

A： 何時に着きますか。　　幾點會到達呢？

B： 11時半に着きます。　　11點半會到達。

話してみましょうB

東京周辺旅行計画

日程	目的地	出発時間	交通手段	到着時間
最初の日	浅草	（　：　）	（　　　）	9：30
2日目	（ 富士 ）山	9：00	（ バス ）	（ 11：30 ）
3日目	明治神宮	9：00	歩いて	9：40
4日目	（　　　）	7：00	（　　　）	（　：　）
5日目	お台場	9：30	電車	10：30
6日目	ひたち海浜公園	10：30	バス	1：00
最後の日	（　　　）タワー	（　：　）	（　　　）	（　：　）

- 請看著行程表回答對方的問題。

- 請針對上表（　　　）的部分向A提問。

参考単語・表現

~を出ます / 出発します　　出發~

~に着きます / 到着します　　到達~

66　いつも何時に起きる？通常都幾點起床？

■ 文法練習

ます形	類	辞書形
例 起きます	2	起きる
1. 食べます		食
2. 行きます		行
3. 出ます		出
4. します		

> 1　～（い段）ます
> 　　→ ～（う段）
> 2　～ます → ～る
> 3　来ます → 来る
> 　　します → する

■ 会話パターン

> A：いつも / 明日、＜疑問詞＞～＜辞書形＞？
> B：～＜辞書形＞よ。

■ 書いてみましょう

例 いつも何時に起きますか。

A：_____

通常幾點起床？（普通體）

B：_____

7點起床喔。（普通體）

■ 話してみましょうA

- 請用普通體提問。
  1. いつも朝ごはんの時、何を飲みますか。
  2. いつも何時に寝ますか。
  3. いつも何時間、日本語の授業を受けますか。
  4. いつもどうやってここに来ますか。
  5. いつもどこでスマホを充電しますか。
- 請用普通體回答。

文法練習

ます形	類	辞書形
5. 飲みます		飲
6. 寝ます		寝
7. 受けます		受
8. 来ます		（　）来
9. 充電します		充電

1　～（い段）ます 　　→ ～（う段） 2　～ます → ～る 3　来ます → 来る 　　します → する

会話パターン

A：いつも ／ 明日、＜疑問詞＞～＜辞書形＞？

B：～＜辞書形＞よ。

書いてみましょう（答え）

例　いつも何時に起きますか。

A：　いつも何時に起きる？

通常幾點起床？（普通體）

B：　7時に起きるよ。

7點起床喔。（普通體）

話してみましょうB

• 請用普通體回答。

• 請用普通體提問。

　6. 明日、何時に起きますか。

　7. 明日、どこで朝ごはんを食べますか。

　8. 明日、どうやって学校（会社）に行きますか。

　9. 明日、何時にうちを出ますか。

　10.明日、何をしますか。

67 趣味は野球をすることです。興趣是打棒球。

文法練習

ます形	類	辞書形
1. 作ります		作
2. 歌います		歌
3. 見ます		見
4. 読みます		読

会話パターン

B：Aさんの趣味は何ですか。

A：（名詞）です。

B：なるほど。～＜辞書形＞ことですね。

書いてみましょう

例 音楽

B：＿＿＿＿＿＿＿＿＿＿＿＿＿＿＿＿＿＿　賴先生的興趣是什麼呢？

A：＿＿＿＿＿＿＿＿＿＿＿＿＿＿＿＿＿　是音樂。

B：＿＿＿＿＿＿＿＿＿＿＿＿＿＿＿＿＿＿＿

原來如此。是聽音樂啊。

話してみましょうA

- 請依照下列提示，模仿「書いてみましょう」進行對話練習。在 B 詢問後，回答自己的興趣。
  1. 野球
  2. 絵
  3. 映画
  4. 写真

- 模仿「書いてみましょう」，詢問對方的興趣，並在 B 回答後，加上動詞回應對方。

文法練習

ます形	類	辞書形
5. します		
6. 描きます		描
7. 弾きます		弾
8. 撮ります		撮

会話パターン

B：Aさんの趣味は何ですか。

A：（名詞）です。

B：なるほど。〜＜辞書形＞ことですね。

書いてみましょう（答え）

例 音楽

B：　頼さんの趣味は何ですか。　　　賴先生的興趣是什麼呢？

A：　音楽です。　　　　　　　　是音樂。

B：　なるほど。音楽を聞くことですね。

　　原來如此。是聽音樂啊。

話してみましょうB

- 模仿「書いてみましょう」，詢問對方的興趣，並在 A 回答後，加上動詞回應對方。

- 請依照下列提示，模仿「書いてみましょう」進行對話練習。在 A 詢問後，回答自己的興趣。

　5. デザート
　6. 歌
　7. ギター
　8. 漫画

68 歌を歌うのが好きですか。喜歡唱歌嗎？

文法練習

ます形	類	辞書形
1. 食べます		食
2. 作ります		作
3. 洗います		洗
4. 描きます		描
5. 読みます		読

会話パターン

A：Bさんは～＜辞書形＞のが好きですか。

B：はい、すごく好きです。 ／ いいえ、あまり好きじゃありません。 ／ 好きでもありませんが、嫌いでもありません。

書いてみましょう

例 相撲を見ます

A：_____

　　陳小姐（妳）喜歡看相撲嗎？

B：_____

　　不，（我）不太喜歡。

話してみましょうA

- 請詢問對方喜歡下列事項嗎？

　1. 寝ます

　2. 泳ぎます

　3. 歌を歌います

　4. 図書館で勉強します

　5. ジャズを聞きます

- 請依照自己的狀況回答。

文法練習

	ます形	類	辞書形
6.	寝ます		寝
7.	泳ぎます		泳
8.	歌います		歌
9.	勉強します		勉強
10.	聞きます		聞

会話パターン

A：Bさんは～＜辞書形＞のが好きですか。

B：はい、すごく好きです。 ／ いいえ、あまり好きじゃありません。 ／ 好きでもありませんが、嫌いでもありません。

書いてみましょう（答え）

例 相撲を見ます

A： 陳さんは相撲を見るのが好きですか。

陳小姐（妳）喜歡看相撲嗎？

B： いいえ、あまり好きじゃありません。

不，（我）不太喜歡。

話してみましょうB

- 請依照自己的狀況回答。

- 請詢問對方喜歡下列事項嗎？

    6. 食べます
    7. 料理を作ります
    8. お皿を洗います
    9. 絵を描きます
    10. 小説を読みます

会話パターン

A：昨日、～ X ＜辞書形＞前に、何をしましたか。

B：～ X ＜辞書形＞前に、～ Y ました。

書いてみましょう

例 寝た

A：_____

　　昨天睡覺之前，做了什麼呢？

B：_____

　　睡覺之前，看了電視。

話してみましょうA

- 詢問對方做了什麼事，並將對方的回覆填入（　　　　）中。

昨日、＿＿＿さんがしたこと		昨日、私がしたこと	
6:00	家に帰った	4:00	家を出た
6:40	友達に（　　　　　）	4:40	銀行でお金をおろした
6:50	宿題をした	4:50	スーパーで肉を買った
7:50	犬の散歩に（　　　　）	6:10	図書館で本を借りた
8:00	晩ごはんを食べた	6:30	家に帰った
9:50	弟と（　　　　　）	6:45	料理を作った
10:00	お風呂に入った	7:20	家族と食事した
10:30	（　　　　　　）	11:10	シャワーを浴びた
11:45	（　テレビを見た　）	11:30	寝た
12:00	寝た		

- 請回答對方問題。

会話パターン

A：昨日、〜 X ＜辞書形＞前に、何をしましたか。
B：〜 X ＜辞書形＞前に、〜 Y ました。

書いてみましょう（答え）

例 寝た

A：　昨日、寝る前に、何をしましたか。

　　昨天睡覺之前，做了什麼呢？

B：　寝る前に、テレビを見ました。

　　睡覺之前，看了電視。

話してみましょうB

- 請回答對方問題。
- 詢問對方做了什麼事，並將對方的回覆填入（　　　）中。

昨日、私がしたこと		昨日、＿＿さんがしたこと	
6:00	家に帰った	4:00	家を出た
6:40	友達に電話をかけた	4:40	銀行で（　　　　　）
6:50	宿題をした	4:50	スーパーで肉を買った
7:50	犬の散歩に行った	6:10	図書館で（　　　　　）
8:00	晩ごはんを食べた	6:30	家に帰った
9:50	弟と話した	6:45	料理を（　　　　　）
10:00	お風呂に入った	7:20	家族と食事した
10:30	ゲームをした	11:10	シャワーを（　　　　　）
11:45	テレビを見た	11:30	寝た
12:00	寝た		

書いてみましょう

1. ＿＿＿＿＿＿＿＿＿＿＿＿＿＿＿＿＿＿＿ 現在，一個人住嗎？

2. ＿＿＿＿＿＿＿＿＿＿＿＿＿＿＿＿＿＿＿ 老家在哪裡呢？

3. ＿＿＿＿＿＿＿＿＿＿＿＿＿＿＿＿＿＿＿ 住了幾年呢？

4. ＿＿＿＿＿＿＿＿＿＿＿＿＿＿＿＿＿＿＿ 常回老家嗎？

5. ＿＿＿＿＿＿＿＿＿＿＿＿＿＿＿＿＿＿＿＿＿＿＿

    陳先生（你）家有幾個人呢？

6. ＿＿＿＿＿＿＿＿＿＿＿＿＿＿＿＿＿＿＿ （你）姊姊有在上班嗎？

7. ＿＿＿＿＿＿＿＿＿＿＿＿＿＿＿＿＿＿＿＿＿＿＿

    （你）弟弟在大學學什麼呢？

8. ＿＿＿＿＿＿＿＿＿＿＿＿＿＿＿＿＿＿＿ 有養寵物嗎？

会話の例

A：鈴木（すずき）さんはどこに住（す）んでいますか。

B：板橋（いたばし）です。

A：家族（かぞく）と一緒（いっしょ）に住（す）んでいますか。

B：いいえ、一人（ひとり）で住（す）んでいます。実家（じっか）は台中（たいちゅう）です。

A：よく実家（じっか）に帰（かえ）っていますか。

B：１か月（げつ）に１回（いっかい）、帰（かえ）っています。

A：鈴木（すずき）さんのうちは何人家族（なんにんかぞく）ですか。

B：５人家族（にんかぞく）です。

A：兄弟（きょうだい）がいますか。

B：はい、兄（あに）と妹（いもうと）がいます。

A：お兄（にい）さんは会社員（かいしゃいん）ですか。

B：はい、新竹（しんちく）で働（はたら）いています。

書いてみましょう（答え）

1. 今、一人で住んでいますか。　　　　　　　現在，一個人住嗎？

2. 実家はどこですか。　　　　　　　　　　　老家在哪裡呢？

3. 何年住んでいますか。　　　　　　　　　　住了幾年呢？

4. よく実家に帰っていますか。　　　　　　　常回老家嗎？

5. 陳さんの家は、何人家族ですか。

   陳先生（你）家有幾個人呢？

6. お姉さんは仕事をしていますか。　　　　（你）姉姉有在上班嗎？

7. 弟さんは大学で何を勉強していますか。

   （你）弟弟在大學學什麼呢？

8. ペットを飼っていますか。　　　　　　　有養寵物嗎？

参考単語・表現

何人家族ですか。　兄弟がいますか。

（会社員 / 公務員 / 兵役）です。

（大学生 / 高校生 / 中学生 / 小学生）です。

（場所）で（学問）を勉強しています。（在～學～）

法律　経営　薬学　美術　父　母

犬　猫　鳥　ハムスター（倉鼠）

自分の家族		相手の家族	
祖父	祖母	おじいさん	おばあさん
父	母	お父さん	お母さん
兄	姉	お兄さん	お姉さん
弟	妹	弟さん	妹さん
子供		お子さん	
息子	娘	息子さん	娘さん

文法練習

1.（い段）+ます → （あ段）+ない	3. 来ます → 来ない
2. ～ます → ～ない	します → しない

	ます形	類	辞書形	ない形
例	泳ぎます	1	泳ぐ	泳 が ない
1.	休みます		休	休 ない
2.	浴びます		浴	浴 ない
3.	出かけます		出	出 ない
4.	呼びます		呼	呼 ない
5.	買います		買	買 ない
6.	運動します		運動	運動 ない

会話パターン

Ａ：～＜辞書形＞？	Ｂ：ううん、～ない。

書いてみましょう

例 今、寝ますか。

A：＿＿＿＿＿＿＿＿＿＿＿＿＿（你）現在要睡覺嗎？（普通體）

B：＿＿＿＿＿＿＿＿＿＿＿＿＿不，（我）不睡。（普通體）

話してみましょうＡ

- 請改成普通體提問。
  1. お酒を飲みますか。
  2. 電気を消しますか。
  3. このカメラを使いますか。
  4. 窓を閉めますか。
  5. このバスに乗りますか。
  6. 歌を歌いますか。
  7. 電車を降りますか。
- 請以「ううん、～ない」回答。

文法練習

ます形	類	辞書形	ない形	
7. 飲みます		飲 の	飲 の	ない
8. 消します		消 け	消 け	ない
9. 使います		使 つか	使 つか	ない
10. 閉めます		閉 し	閉 し	ない
11. 乗ります		乗 の	乗 の	ない
12. 歌います		歌 うた	歌 うた	ない
13. 降ります		降 お	降 お	ない

会話パターン

Ａ：〜＜辞書形＞？

Ｂ：ううん、〜ない。

書いてみましょう（答え）

例 今、寝ますか。

Ａ：　今、寝る？　　　　　　　　　（你）現在要睡覺嗎？（普通體）

Ｂ：　ううん、寝ない。　　　　　　不，（我）不睡。（普通體）

話してみましょうＢ

- 請以「ううん、〜ない」回答。
- 請改成普通體提問。

　8. 今から泳ぎますか。

　9. ちょっと休みますか。

　10. シャワーを浴びますか。

　11. 今日、出かけますか。

　12. タクシーを呼びますか。

　13. この本を買いますか。

　14. 後で、運動しますか。

72 一緒に帰らない？要一起回家嗎？

■ 文法練習

ます形	類	辞書形	ない形
1. します			ない
2. 行きます		行	行 ない
3. 歌います		歌	歌 ない
4. 撮ります		撮	撮 ない
5. 話します		話	話 ない
6. 作ります		作	作 ない

■ 会話パターン

> Ａ：〜ない？
>
> Ｂ：うん、〜＜辞書形＞＜辞書形＞。（動詞の重複）

■ 書いてみましょう

例 一緒にお酒を飲みませんか。

Ａ：_____

  要不要一起喝酒？

Ｂ：_____ 嗯，要喝要喝。

■ 話してみましょうＡ

- 請改成普通體進行邀約。

  1. ちょっと休みませんか。
  2. 飲み物を買いませんか。
  3. 一緒にカフェに入りませんか。
  4. 一緒に泳ぎませんか。
  5. ちょっと西門町で遊びませんか。
  6. 一緒に富士山に登りませんか。

- 請像「書いてみましょう」般，用「辭書形」很積極地回應對方邀約。

文法練習

ます形	類	辞書形	ない形
7. 休(やす)みます		休(やす)	休(やす) ない
8. 買(か)います		買(か)	買(か) ない
9. 入(はい)ります		入(はい)	入(はい) ない
10. 泳(およ)ぎます		泳(およ)	泳(およ) ない
11. 遊(あそ)びます		遊(あそ)	遊(あそ) ない
12. 登(のぼ)ります		登(のぼ)	登(のぼ) ない

会話パターン

A：～ない？

B：うん、＜辞書形＞＜辞書形＞。 （動詞(どうし)の重複(じゅうふく)）

書いてみましょう（答え）

例 一緒(いっしょ)にお酒(さけ)を飲みませんか。

A： 一緒(いっしょ)にお酒(さけ)を飲(の)まない？

要不要一起喝酒？

B： うん、飲(の)む飲(の)む。 嗯，要喝要喝。

話してみましょうB

- 請像「書いてみましょう」般，用「辭書形」很積極地回應對方邀約。

- 請改成普通體進行邀約。

  7. テニスをしませんか。

  8. ちょっと散歩(さんぽ)に行きませんか。

  9. 一緒(いっしょ)に歌いませんか。

  10. 一緒(いっしょ)に写真(しゃしん)を撮りませんか。

  11. アニメについて話しませんか。

  12. 一緒(いっしょ)に料理(りょうり)を作りませんか。

文法練習

ます形	ない形	ます形	ない形
1. 書きます	書　ない	4. 置きます	置　ない
2. します	ない	5. 使います	使　ない
3. 読みます	読　ない	6. 降ります	降　ない

会話パターン

> Ａ：〜ますか。
>
> Ｂ：いいえ、〜ないでください。

書いてみましょう

例　ボールペンで書く

Ａ：＿＿＿＿＿＿＿＿＿＿＿＿＿＿＿＿＿＿＿＿＿＿＿

（我）用原子筆寫嗎？

Ｂ：＿＿＿＿＿＿＿＿＿＿＿＿＿＿＿＿＿＿＿＿＿＿＿

不，請不要用原子筆寫。

話してみましょうＡ

- 請詢問對方，自己是不是該做下列事項。
    1. この部屋に入る
    2. 今、黒板を消す
    3. 今、薬を飲む
    4. ここで野菜を洗う
    5. このバスに乗る
    6. エアコンをつける
- 回答對方，請不要那樣做。

73　いいえ、消さないでください。不，請不要擦掉。　

文法練習

ます形	ない形	ます形	ない形
7. 入ります	入 ない	10. 洗います	洗 ない
8. 消します	消 ない	11. 乗ります	乗 ない
9. 飲みます	飲 ない	12. つけます	ない

会話パターン

A：〜ますか。

B：いいえ、〜ないでください。

書いてみましょう（答え）

例 ボールペンで書く

A：　ボールペンで書きますか。

（我）用原子筆寫嗎？

B：　いいえ、ボールペンで書かないでください。

不，請不要用原子筆寫。

話してみましょうB

- 回答對方，請不要那樣做。

- 請詢問對方，自己是不是該做下列事項。

　7. ここは中国語で書く
　8. メールで連絡をする
　9. 今、教科書を読む
　10. ここにかばんを置く
　11. このパソコンを使う
　12. 台北駅で電車を降りる

74 電気を消してもいいですか。可以關電燈嗎？

文法練習

辞書形	て形	辞書形	て形
1. 飲む	飲	4. 撮る	撮
2. 借りる	借	5. 使う	使
3. もらう		6. 聞く	聞

会話パターン

A：～てもいいですか。

B：はい、どうぞ。 / すみません、ちょっと……。

書いてみましょう

例 黒板を消す

A： あのう、＿＿＿＿＿＿＿＿＿＿＿＿＿＿＿＿＿＿＿

請問，（我）可以擦掉黑板嗎？

B： ＿＿＿＿＿＿＿＿＿＿＿＿＿＿＿＿＿＿＿＿＿＿＿

不好意思，有一點（不方便）……。

話してみましょうA

- 請詢問對方下列事項可以做嗎？

  1. 今、電気を消す
  2. 今、ここでタバコを吸う
  3. ～さんの隣に座る
  4. ～さんのかばんの中を見る
  5. 10時に～さんに電話をかける
  6. ～さんの写真をインスタに投稿する

- 聽對方詢問的內容，若可接受就回答「はい、どうぞ」；若不行就以「すみません。ちょっと……」回答。

文法練習

辞書形	て形	ます形	て形
7. <ruby>消<rt>け</rt></ruby>す	<ruby>消<rt>け</rt></ruby>	10. <ruby>見<rt>み</rt></ruby>る	<ruby>見<rt>み</rt></ruby>
8. <ruby>吸<rt>す</rt></ruby>う	<ruby>吸<rt>す</rt></ruby>	11. かける	
9. <ruby>座<rt>すわ</rt></ruby>る	<ruby>座<rt>すわ</rt></ruby>	12. <ruby>投稿<rt>とうこう</rt></ruby>する	<ruby>投稿<rt>とうこう</rt></ruby>

会話パターン

> Ａ：～てもいいですか。
>
> Ｂ：はい、どうぞ。 ／ すみません、ちょっと……。

書いてみましょう（答え）

例 <ruby>黒板<rt>こくばん</rt></ruby>を<ruby>消<rt></rt></ruby>す

Ａ： あのう、<ruby>黒板<rt>こくばん</rt></ruby>を<ruby>消<rt>け</rt></ruby>してもいいですか。

　　請問，（我）可以擦掉黑板嗎？

Ｂ： すみません、ちょっと……。

　　不好意思，有一點（不方便）……。

話してみましょうＢ

- 聽對方詢問的內容，若可接受就回答「はい、どうぞ」；若不行就以「すみません。ちょっと……」回答。

- 請詢問對方下列事項可以做嗎？

  7. ここで<ruby>水<rt>みず</rt></ruby>を飲む

  8. ～さんに1<ruby>万元<rt>まんげん</rt></ruby>借りる

  9. ティッシュをもらう

  10. ～さんの<ruby>写真<rt>しゃしん</rt></ruby>を撮る

  11. ～さんのスマホを使う

  12. ～さんのスマホのパスワードを聞く

文法練習

辞書形	て形
1. 座_{すわ}る	座_{すわ}
2. 使_{つか}う	使_{つか}
3. 見_みる	見_み
4. 泳_{およ}ぐ	泳_{およ}
5. 移動_{いどう}する	移動_{いどう}

会話パターン

> A：先生_{せんせい}、〜てもいいですか。
>
> B：いいえ、今_{いま}は〜てはいけません。

書いてみましょう

例　先生_{せんせい}、トイレに行く

A：＿＿＿＿＿＿＿＿＿＿＿＿＿＿＿＿＿

　　老師，（我）可以去廁所嗎？

B：＿＿＿＿＿＿＿＿＿＿＿＿＿＿＿＿＿

　　不，現在不可以去。

話してみましょうA

- 請問老師可以進行下列事項嗎？
  1. 先生_{せんせい}、帰る
  2. 先生_{せんせい}、写真_{しゃしん}を撮る
  3. 先生_{せんせい}、教室_{きょうしつ}に入る
  4. 先生_{せんせい}、質問_{しつもん}をする
  5. 先生_{せんせい}、ここに自転車_{じてんしゃ}を止める
- 請回答學生現在不可進行該事項。

文法練習

辞書形	て形
6. 帰^{かえ}る	帰^{かえ}
7. 撮^とる	撮^と
8. 入^{はい}る	入^{はい}
9. する	
10. 止^とめる	止^と

会話パターン

A：先生^{せんせい}、～てもいいですか。

B：いいえ、今^{いま}は～てはいけません。

書いてみましょう（答え）

例 先生^{せんせい}、トイレに行く

A： 先生^{せんせい}、トイレに行^いってもいいですか。

老師，（我）可以去廁所嗎？

B： いいえ、今^{いま}は行^いってはいけません。

不，現在不可以去。

話してみましょうB

- 請回答學生現在不可進行該事項。
- 請問老師可以進行下列事項嗎？
  6. 先生^{せんせい}、座る
  7. 先生^{せんせい}、スマホを使う
  8. 先生^{せんせい}、教科書^{きょうかしょ}を見る
  9. 先生^{せんせい}、プールで泳ぐ
  10. 先生^{せんせい}、席^{せき}を移動^{いどう}する

76 いいえ、入らないでください。不，請勿進入。

文法練習

辞書形	て形	ない形
1. 撮る	撮	撮　ない
2. 消す	消	消　ない
3. 出る	出	出　ない
4. 読む	読	読　ない
5. 座る	座	座　ない
6. つける		ない

会話パターン

A：～てもいいですか。

B：いいえ、～ないでください。

書いてみましょう

例 たばこを吸う

A：_____

（我）可以抽菸嗎？

B：_____

不，請不要抽菸。

話してみましょうA

- 請詢問對方可以進行下列事項嗎？
  1. 部屋に入る
  2. ボールペンで書く
  3. 今、家に帰る
  4. ここに車を止める
  5. この自転車に乗る
  6. テストの時、教科書を見る
- 請回答，請不要那樣做。

61

文法練習

辞書形	て形	ない形
7. 入る	入	入 ない
8. 書く	書	書 ない
9. 帰る	帰	帰 ない
10. 止める	止	止 ない
11. 乗る	乗	乗 ない
12. 見る	見	見 ない

会話パターン

A：〜てもいいですか。

B：いいえ、〜ないでください。

書いてみましょう（答え）

例 たばこを吸う

A： たばこを吸ってもいいですか。

（我）可以抽菸嗎？

B： いいえ、吸わないでください。

不，請不要抽菸。

話してみましょうB

- 請回答，請不要那樣做。
- 請詢問對方可以進行下列事項嗎？
  7. 写真を撮る
  8. 電気を消す
  9. 今、教室を出る
  10. この日記を読む
  11. この椅子に座る
  12. エアコンをつける

文法練習

ます形	ない形
1. 払います	払 ない
2. 起きます	起 ない
3. 持って来ます	持って来 （　） ない
4. 出ます	出 ない

書いてみましょう

例 明日、何時までに起きますか。

A : _____

明天幾點之前必須起床呢？

B : _____

6點之前必須起床。

話してみましょうA

- 請以「なければなりませんか」詢問對方以下事項。
  1. 明日（来週）は、何時までに学校に来ますか。
  2. 一週間にだいたい何時間、授業を受けますか。
  3. 寝る前に、何をしますか。
  4. 日本に行く時、何を持って行きますか。
- 請用「なければなりません」回答對方。

文法練習

ます形	ない形
5. 来_きます	来_{（ ）}ない
6. 受_うけます	受_うない
7. します	ない
8. 持_もって行_いきます	持_もって行_いない

書いてみましょう（答え）

例 明日_{あした}、何時_{なんじ}までに起きますか。

A： 明日_{あした}、何時_{なんじ}までに起_おきなければなりませんか。

明天幾點之前必須起床呢？

B： 6時_じまでに起_おきなければなりません。

6點之前必須起床。

話してみましょうB

- 請用「なければなりません」回答對方。

- 請以「なければなりませんか」詢問對方以下事項。

  5. 毎月_{まいつき}、携帯電話_{けいたいでんわ}の費用_{ひよう}をいくら払いますか。
  6. 月曜日_{げつようび}は何時_{なんじ}までに起きますか。
  7. 授業_{じゅぎょう}の時_{とき}、何_{なに}を持って来ますか。
  8. 12時_じの飛行機_{ひこうき}に乗る時_{とき}、何時_{なんじ}までに家を出_{うち}ますか。

78　いいえ、そんなに食べなくてもいいです。不，可以不用吃那麼多。

文法練習

辞書形	ます形	ない形
1. 書く	書 ます	書 ない
2. 買う	買 ます	買 ない
3. 飲む	飲 ます	飲 ない
4. 作る	作 ます	作 ない
5. 読む	読 ます	読 ない

会話パターン

A：～ますか。

B：いいえ、そんなに～なくてもいいです。

書いてみましょう

例　今、10万元も、全部払う

A：＿＿＿＿＿＿＿＿＿＿＿＿＿＿＿＿＿＿＿＿

　　現在，（我）要付到10萬元嗎？

B：＿＿＿＿＿＿＿＿＿＿＿＿＿＿＿＿＿＿＿＿

　　不，不需要付那麼多。

話してみましょうA

- 請詢問對方下列事項是自己要做的嗎？
  1. 10曲も、歌を歌う
  2. このお皿、全部洗う
  3. この単語を全部覚える
  4. これから10時間も、仕事をする
  5. この野菜を全部、弁当箱に入れる

- 請以「いいえ、そんなに～なくてもいいです」回答對方。

文法練習

辞書形	ます形	ない形
6. 歌う	歌 ます	歌 ない
7. 洗う	洗 ます	洗 ない
8. 覚える	覚 ます	覚 ない
9. する	ます	ない
10. 入れる	入 ます	入 ない

会話パターン

A：〜ますか。

B：いいえ、そんなに〜なくてもいいです。

書いてみましょう（答え）

例 今、10万元も、全部払う

A： 今、10万元も、全部払いますか。

現在，（我）要付到10萬元嗎？

B： いいえ、そんなに払わなくてもいいです。

不，不需要付那麼多。

話してみましょうB

- 請以「いいえ、そんなに〜なくてもいいです」回答對方。
- 請詢問對方下列事項是自己要做的嗎？
  6. 作文を10枚も書く
  7. ビールを10本も買う
  8. このお酒を全部飲む
  9. 今すぐ10人分の料理を作る
  10. 明日までにこの本を全部読む

文法練習

辞書形	ない形	辞書形	ない形
1. 飲む	飲　ない	4. 持っている	持　　　　ない
2. あげる	ない	5. 脱ぐ	脱　ない
3. 受ける	受　ない		

会話パターン

A：〜なければなりませんか。

B：はい、〜なければなりません。

　　いいえ、〜なくてもいいです。

書いてみましょう

例 授業の時、毎回授業料を払う

A：_____

　　上課的時候，每次都需要付學費嗎？

B：_____　對，需要付。

　　_____　不，不付也可以。

話してみましょうA

- 請以「なければなりませんか」詢問對方以下事項。
  1. 毎日、バスやMRTに乗る
  2. 毎日、お弁当を作る
  3. 授業の時、敬語を使う
  4. 授業の時、パソコンやタブレット（平板電腦）を持って来る
  5. 〜さんの家では、スリッパをはく
- 針對提問，請依照自己狀況回答。

文法練習

辞書形	ない形	辞書形	ない形
6. 乗る	乗 ない	9. 来る	（　）来 ない
7. 作る	作 ない	10. はく	ない
8. 使う	使 ない		

会話パターン

A：〜なければなりませんか。

B：はい、〜なければなりません。

　　いいえ、〜なくてもいいです。

書いてみましょう（答え）

例 授業の時、毎回授業料を払う

A：　授業の時、毎回授業料を払わなければなりませんか。

上課的時候，每次都需要付學費嗎？

B：　はい、払わなければなりません。

對，需要付。

　　いいえ、払わなくてもいいです。

不，不付也可以。

話してみましょうB

- 針對提問，請依照自己狀況回答。
- 請以「なければなりませんか」詢問對方以下事項。
  6. 乾杯の時、お酒を一杯全部飲む
  7. 毎年、お年玉をあげる
  8. 次のJLPT（日本語能力試験）を受ける
  9. いつも身分証を持っている
  10. 教室では、くつを脱ぐ

書いてみましょう

1. A：　一番、_____

第一個，五年前我去了英國。

2. B：_____

坐飛機到英國花了幾個小時呢？

3. A：_____　　花了 10 個小時。

4. B：_____　第一個是假的吧。

首先在（　　　　）裡填入適切的數字及單字完成下面三個句子，但其中要有一句是假的。

一番、（　　　　）年前に（　　　　）に行きました。
二番、（　　　　）年前に（　　　　）を買いました。
三番、（　　　　）年前に（　　　　）に会いました ／ を見ました。

- 接著藉由對話，讓對方猜猜自己所說的哪一項是假的。

- 同時也猜猜別人所說，哪一項是假的。

会話の例

A：一番、4 年前に日本に行きました。
B：日本のどこに行きましたか。
A：東京に行きました。
B：ビザが要りましたか。
A：はい、要りました。
A：二番、1 年前に机を買いました。
B：どこで机を買いましたか。
A：ニトリで買いました。
A：三番、10 年前に蔡英文を見ました。
B：どこで見ましたか。
A：テレビで見ました。
B：一番は、うそですね。

書いてみましょう（答え）

1．A：　一番、5年前にイギリスに行きました。

第一個，五年前（我）去了英國。

2．B：　イギリスまで飛行機で何時間かかりましたか。

坐飛機到英國花了幾個小時呢？

3．A：　10時間かかりました。　　　　花了 10 個小時。

4．B：　一番は、うそですね。　　　　第一個是假的吧。

参考単語・参考表現

一番、（　　　）年前に（　　　）に行きました。

…～はどうでしたか。

…～は何月に行きましたか。

…ビザが要りましたか。

…～まで飛行機で何時間かかりましたか。

…～は何が一番おもしろかったですか。

二番、（　　　）年前に（　　　）を買いました。

…～はいくらでしたか。

…～はどこで買いましたか。

…～を今も使っていますか。

三番、（　　　）年前に（　　　）に会いました / を見ました。

…～さんにどこで会いましたか。

…～さんと話しましたか。

…～さんは何をしていましたか。

～（一番 / 二番 / 三番）は、うそですね。

…はい、そうです。/ いいえ、本当です。

81　もう食べた？　已經吃了嗎？

文法練習

（て形）→（た形）　　〜て → 〜た　　　〜で → 〜だ
書いて → 書いた　　読んで → 読んだ

辞書形	た形	辞書形	た形
例 飲む	飲んだ	3. 閉める	閉
1. 浴びる	浴	4. 読む	読
2. 撮る	撮	5. 捨てる	捨

会話パターン

A：もう〜た？
B：ううん、後で＜辞書形＞。

書いてみましょう

例 もう宿題を出しましたか。

A：＿＿＿＿＿＿＿＿＿＿＿＿＿＿＿＿＿＿

　　已經交作業了嗎？（普通體）

B：＿＿＿＿＿＿＿＿＿＿＿＿＿＿＿＿＿＿

　　不，等一下再交。（普通體）

話してみましょうA

- 請以普通體詢問，是否已經完成了呢？
  1. もう昼ごはんを食べましたか。
  2. もうお金を払いましたか。
  3. もうレポートを書きましたか。
  4. もうご飯を作りましたか。
  5. もう給料をもらいましたか。
  6. もう電気を消しましたか。
- 請以「ううん、後で〜」回覆對方，表示稍後會完成。

文法練習

（て形）→（た形）	～て → ～た	～で → ～だ
	書いて → 書いた	読んで → 読んだ

辞書形	た形	辞書形	た形
6. 食べる	食	9. 作る	作
7. 払う	払	10. もらう	
8. 書く	書	11. 消す	消

会話パターン

A：もう～た？

B：ううん、後で＜辞書形＞。

書いてみましょう（答え）

例　もう宿題を出しましたか。

A：　もう宿題を出した？

已經交作業了嗎？（普通體）

B：　ううん、後で出す。

不，等一下再交。（普通體）

話してみましょうB

- 請以「ううん、後で～」回覆對方，表示稍後會完成。

- 請以普通體詢問，是否已經完成了呢？

　7. もうコーヒーを飲みましたか。

　8. もうシャワーを浴びましたか。

　9. もう写真を撮りましたか。

　10. もう窓を閉めましたか。

　11. もうレポートを読みましたか。

　12. もうゴミを捨てましたか。

文法練習

ます形	ない形	た形
1. 食べます	食　ない	食
2. 入ります	入　ない	入
3. します	ない	
4. 遊びます	遊　ない	遊

会話パターン

A：〜ない？

B：ごめん、昨日、〜たから……。

書いてみましょう

例 一緒にプールで泳ぎませんか。

A：_____

要不要在游泳池一起游泳？（普通體）

B：_____

對不起，因為昨天游泳了……。（普通體）

話してみましょうA

- 請用普通體提議要不要一起做下列事項。
  1. 一緒にお酒を飲みませんか。
  2. 一緒にこの映画を見ませんか。
  3. 一緒にカラオケで歌いませんか。
  4. 一緒にデパートに行きませんか。
  5. 一緒にピザを食べませんか。
- 請以昨天已經做過了的理由，客氣地拒絕對方。

文法練習

ます形	ない形	た形
5. 飲（の）みます	飲（の）　ない	飲（の）
6. 見（み）ます	見（み）　ない	見（み）
7. 歌（うた）います	歌（うた）　ない	歌（うた）
8. 行（い）きます	行（い）　ない	行（い）

会話パターン

A：～ない？

B：ごめん、昨日（きのう）、～たから……。

書いてみましょう（答え）

例 一緒（いっしょ）にプールで泳（およ）ぎませんか。

A：　　一緒（いっしょ）にプールで泳（およ）がない？

要不要在游泳池一起游泳？（普通體）

B：　　ごめん。昨日（きのう）、泳（およ）いだから……。

對不起，因為昨天游泳了……。（普通體）

話してみましょうB

- 請以昨天已經做過了的理由，客氣地拒絕對方。
- 請用普通體提議要不要一起做下列事項。
  6. 一緒（いっしょ）に一蘭（いちらん）のラーメンを食べませんか。
  7. 一緒（いっしょ）に温泉（おんせん）に入りませんか。
  8. 一緒（いっしょ）にテニスをしませんか。
  9. 一緒（いっしょ）に西門町（せいもんちょう）で遊びませんか。
  10. 一緒（いっしょ）にカフェでコーヒーを飲みませんか。

文法練習

辞書形	た形
1. 飲<ruby>飲<rt>の</rt></ruby>む	飲
2. 入<ruby><rt>はい</rt></ruby>る	入
3. 食<ruby><rt>た</rt></ruby>べる	食
4. 登<ruby><rt>のぼ</rt></ruby>る	登
5. もらう	

会話パターン

A：～たことがありますか。

B：はい、～たことがあります。 ／

いいえ、一度<ruby><rt>いち ど</rt></ruby>も～たことがありません。

書いてみましょう

例 馬<ruby><rt>うま</rt></ruby>に乗る

A：＿＿＿＿＿＿＿＿＿＿＿＿＿＿＿＿＿＿＿＿＿＿＿＿＿＿

　　林小姐（妳）騎過馬嗎？

B：＿＿＿＿＿＿＿＿＿＿＿＿＿＿＿＿＿＿＿＿　是，曾騎過。

　　＿＿＿＿＿＿＿＿＿＿＿＿＿＿＿＿＿＿＿＿＿＿＿＿＿＿

　　不，一次都沒有騎過。

話してみましょうA

- 請詢問對方是否有以下經驗呢？
  1. 京都<ruby><rt>きょう と</rt></ruby>に行く
  2. 日本<ruby><rt>に ほん</rt></ruby>の小説<ruby><rt>しょうせつ</rt></ruby>を読む
  3. 新幹線<ruby><rt>しん かん せん</rt></ruby>に乗る
  4. 離婚<ruby><rt>り こん</rt></ruby>をする
  5. マックのパソコンを使う
- 請依照自己的狀況回答。

したことがありますか。有這樣的經驗嗎？ **B**

文法練習

辞書形	た形
6　行く	行
7．読む	読
8．乗る	乗
9．する	
10.使う	使

会話パターン

A：〜たことがありますか。

B：はい、〜たことがあります。　/

いいえ、一度も〜たことがありません。

書いてみましょう（答え）

例 馬に乗る

A：　林さんは馬に乗ったことがありますか。

林小姐（妳）騎過馬嗎？

B：　はい、乗ったことがあります。　　是，曾騎過。

いいえ、一度も乗ったことがありません。

不，一次都沒有騎過。

話してみましょうB

- 請依照自己的狀況回答。

- 請詢問對方是否有以下經驗呢？

　6．日本のお酒を飲む

　7．日本の温泉に入る

　8．檳榔を食べる

　9．富士山に登る

　10.バレンタインデーにチョコレートをもらう

文法練習

辞書形	た形	辞書形	た形
1. いじる		4. 遊ぶ	遊
2. する		5. 見る	見
3. 受ける	受	6. 作る	作

会話パターン

A：（時間）は何をしましたか。

B：～たり、～たりしました。

書いてみましょう

例 3日前の午前

A：＿＿＿＿＿＿＿＿＿＿＿＿＿＿ 三天前的上午，（你）做什麼了呢？

B：＿＿＿＿＿＿＿＿＿＿＿＿＿＿ 上上課啊、滑滑手機啊之類的。

話してみましょうA

時間	3日前	おととい	昨日
午前	授業を受ける / スマホをいじる	ごろごろ（　　　）/ テレビを（　　　）	音楽を聞く / 宿題をする
午後	授業を（　　　）/ ぼーっと（　　　）	雑誌を読む / 寝る	紅茶を（　　　）/ スマホを（　　　）
夕方	デートをする / 図書館に行く	勉強する / 本屋に行く	料理を（　　　）/ 本を（　　　）
夜	猫と（　　　）/ 洗濯（　　　）	映画を見る / お酒を飲む	お風呂に入る / 掃除をする

- 請運用上表，向B提問做了什麼，並將對方的回覆，用辭書形寫在（　　　）裡。

- 請運用上表，回答對方的提問。

文法練習

辞書形	た形	辞書形	た形
7. 行く	行	10. 飲む	飲
8. 読む	読	11. 聞く	聞
9. 寝る	寝	12. 入る	入

会話パターン

A：（時間）は何をしましたか。

B：～たり、～たりしました。

書いてみましょう（答え）

例 3日前の午前

A： 3日前の午前は何をしましたか。

三天前的上午，（你）做什麼了呢？

B： 授業を受けたり、スマホをいじったりしました。

上上課啊、滑滑手機啊之類的。

話してみましょうB

時間	3日前	おととい	昨日
午前	授業を受ける / スマホをいじる	ごろごろする / テレビを見る	音楽を（　　　）/ 宿題を（　　　）
午後	授業を受ける / ぼーっとする	雑誌を（　　　）/ （　　　）	紅茶を飲む / スマホをいじる
夕方	デートを（　　　）/ 図書館に（　　　）	勉強する / 本屋に行く	料理を作る / 本を読む
夜	猫と遊ぶ / 洗濯する	映画を（　　　）/ お酒を（　　　）	お風呂に（　　　）/ 掃除を（　　　）

• 請運用上表，回答對方的提問。

• 請運用上表，向A提問做了什麼，並將對方的回覆，用辭書形寫在（　　　）裡。

85 海で遊んだりしました。在海邊玩水之類的。

会話パターン

> A：（場所）に行ったことがありますか。
>
> B：はい、あります。 ／ いいえ、ありません。 →（会話終了）
>
> A：（場所）で何をしましたか。
>
> B：〜たりしました。

書いてみましょう

例 東京

A： _____ 去過東京嗎？

B： _____ 是，有。

A： _____ 在東京做什麼呢？

B： _____ 在淺草觀光之類的。

話してみましょうA

- 請詢問對方是否去過下列地方。如果對方有去過，再繼續詢問去那裡做了什麼事？

  1. 淡水　　　　　4. 大阪
  2. 高雄　　　　　5. 広島
  3. 台南　　　　　6. 熊本

- 請依照自己的狀況回答。

参考語彙・表現

> 今、住んでいます。／ 昔、住んでいました。
>
> 夕日　古いお寺　古いお城　花畑　おいしいもの
> 買い物　山　温泉　海で泳ぐ　B級グルメ

会話パターン

A：（場所）に行ったことがありますか。

B：はい、あります。 / いいえ、ありません。 → （会話終了）

A：（場所）で何をしましたか。

B：～たりしました。

書いてみましょう（答え）

例 東京

A：　東京に行ったことがありますか。　　　　去過東京嗎？

B：　はい、あります。　　　　　　　　　　是，有。

A：　東京で何をしましたか。　　　　　　　在東京做什麼呢？

B：　浅草で観光したりしました。　　　　　在淺草觀光之類的。

話してみましょうB

- 請依照自己的狀況回答。
- 請詢問對方是否去過下列地方。如果對方有去過，再繼續詢問去那裡做了什麼事？

  7. 墾丁
  8. 台北
  9. 花蓮
  10. 京都
  11. 北海道
  12. 九州

参考語彙・表現

今、住んでいます。 / 昔、住んでいました。
夕日　古いお寺　古いお城　花畑　おいしいもの
買い物　山　温泉　海で泳ぐ　B級グルメ

文法練習

辞書形	＋ながら	辞書形	＋ながら
1. 見る	見 ながら	4. 食べる	食 ながら
2. 話す	話 ながら	5. 浴びる	浴 ながら
3. する	ながら		

会話パターン

A：よく X ながら、Y ますか。

B：はい、（よく ／ 時々）X ながら、Y ます。

いいえ、そんなことはしません。

書いてみましょう

例　歌を歌う　ごはんを食べる

A：_____

（你）會常常一邊唱歌，一邊吃飯嗎？

B：_____

是，我有時候會一邊唱歌，一邊吃飯喔。

_____　不，（我）不會那樣做。

話してみましょうA

- 請詢問對方，是否會同時進行下列事項。

    1. 音楽を聞く　　　日本語の勉強をする
    2. 歌を歌う　　　　シャワーを浴びる
    3. ビールを飲む　　晩ごはんを食べる
    4. スマホをいじる　授業を受ける
    5. 歩く　　　　　　電話で話す

- 請依照自己的狀況回答。

文法練習

辞書形	+ながら	辞書形	+ながら
6. 聞く	聞（き）ながら	9. いじる	ながら
7. 歌う	歌（うた）ながら	10. 歩く	歩（ある）ながら
8. 飲む	飲（の）ながら		

会話パターン

A：よくXながら、Yますか。

B：はい、（よく / 時々（ときどき））Xながら、Yます。

　　いいえ、そんなことはしません。

書いてみましょう（答え）

例 歌（うた）を歌う　ごはんを食べる

A：　よく歌（うた）いながら、ごはんを食（た）べますか。

（你）會常常一邊唱歌，一邊吃飯嗎？

B：　はい、私（わたし）は時々（ときどき）歌（うた）いながら、ごはんを食（た）べますよ。

是，我有時候會一邊唱歌，一邊吃飯喔。

　　いいえ、そんなことはしません。　不，（我）不會那樣做。

話してみましょうB

- 請依照自己的狀況回答。
- 請詢問對方，是否會同時進行下列事項。

　　6. 動画（どうが）を見る　　ごはんを食べる

　　7. 友達（ともだち）と話す　　スマホをいじる

　　8. 電話（でんわ）をする　　運転（うんてん）をする

　　9. お菓子（かし）を食べる　　映画（えいが）を見る

　　10. シャワーを浴びる　　お酒（さけ）を飲む

87 運転ができますか。會開車嗎？

会話パターン

A：＜名詞＞ができますか。
B：（自分の状況）。

書いてみましょう

例 日本語

A：＿＿＿＿＿＿＿＿＿＿＿＿＿＿＿＿＿＿＿＿

劉小姐（妳）會日語嗎？

B：＿＿＿＿＿＿＿＿＿＿＿＿＿＿＿＿＿＿＿＿

對，（我）會一點點。

話してみましょうA

- 請詢問對方是否會下列事項。

    1. テニス
    2. 車の運転
    3. 「UNO!」というゲーム
    4. フランス語
    5. スキー

- 請依照自己的狀況回答。

参考単語・表現

もちろんできます。・だいたいできます。・まあまあできます。・
少しできます。
あまりできません。・全然できません。
知りません。
したことがありません。

87 運転ができますか。會開車嗎？

会話パターン

A：＜名詞＞ができますか。
B：（自分の状況）。

書いてみましょう（答え）

例 日本語

A： 劉さんは日本語ができますか。

劉小姐（妳）會日語嗎？

B： はい、少しできます。

對，（我）會一點點。

話してみましょうB

- 請依照自己的狀況回答。
- 請詢問對方是否會下列事項。
  6. 日本語のタイピング（打字）
  7. 麻雀
  8. サッカー
  9. 料理
  10.英語

参考単語・表現

もちろんできます。・だいたいできます。・まあまあできます。・
少しできます。
あまりできません。・全然できません。
知りません。
したことがありません。

文法練習

ます形	辞書形	ます形	辞書形
1. 弾_ひきます	弾_ひ	4. 書_かきます	書_か
2. 歌_{うた}います	歌_{うた}	5. 覚_{おぼ}えます	覚_{おぼ}
3. 乗_のります	乗_の	6. します	

会話パターン

A：＜辞書形＞ことができますか。

B：（自分_{じぶん}の状況_{じょうきょう}）。

書いてみましょう

例 ピアノを弾きます

A：＿＿＿＿＿＿＿＿＿＿＿＿＿＿＿＿＿＿＿＿

　　鄭先生（你）會彈鋼琴嗎？

B：＿＿＿＿＿＿＿＿＿＿＿＿＿＿＿＿＿＿＿＿

　　對，（我）稍微會彈。

話してみましょうA

- 請詢問對方是否會下列事項。
  1. 日本料理_{にほんりょうり}を作ります
  2. ウイスキーを飲みます
  3. フランス語_ごを話します
  4. 日本語_{にほんご}のホームページを読みます
  5. 1キロ、泳ぎます
  6. 漫画_{まんが}を描きます

- 請依照自己的狀況回答。

参考単語・表現

もちろん・だいたい・まあまあ・ちょっと / 少_{すこ}し
あまり・全然_{ぜんぜん}

文法練習

ます形	辞書形	ます形	辞書形
7. 作ります	作	10. 読みます	読
8. 飲みます	飲	11. 泳ぎます	泳
9. 話します	話	12. 描きます	描

会話パターン

A：＜辞書形＞ことができますか。

B：（自分の状況）。

書いてみましょう（答え）

例 ピアノを弾きます

A： 鄭さんはピアノを弾くことができますか。

鄭先生（你）會彈鋼琴嗎？

B： はい、ちょっと弾くことができます。

對，（我）稍微會彈。

話してみましょうB

- 請依照自己的狀況回答。

- 請詢問對方是否會下列事項。

  7. ギターを弾きます
  8. 日本語の歌を歌います
  9. 自転車に乗ります
  10. 日本語で手紙を書きます
  11. 今日の単語を全部覚えます
  12. 日本語でホテルを予約します

参考単語・表現

もちろん・だいたい・まあまあ・ちょっと / 少し
あまり・全然

お風呂に入った後、ビールを飲みます。洗完澡後，會喝啤酒。

文法練習

ます形	た形	ます形	た形
1. 行きます	行	3. 渡します	渡
2. 帰ります	帰	4. 着ます	着

会話パターン

A：いつ～ますか。

B：～た後、～ます。

書いてみましょう

例 今の仕事を（ 辞めます ） → 新しい仕事を探します

A：＿＿＿＿＿＿＿＿＿＿＿＿＿＿＿＿＿

　　什麼時候找新的工作呢？

B：＿＿＿＿＿＿＿＿＿＿＿＿＿＿＿＿＿

　　辭掉現在的工作之後，再去找。

話してみましょうA

- 請依下列提示，用「いつ～ますか」詢問對方，並將對方的回答，用「動詞ます形」填入（　　　）。

  1. 犬の散歩に（　　　　　） → シャワーを浴びます
  2. 先生が（　　　　　） → 先生について話します
  3. チョコレートを（　　　　　） → 告白します
  4. 浴衣を（　　　　　） → 写真を撮ります

- 請用「～た後、～ます」回答對方。

  5. 注文（ します ） → お金を払います
  6. 映画を（ 見ます ） → お風呂に入ります
  7. ボーナスを（ もらいます ） → 仕事を辞めます
  8. 授業が（ 終わります ） → 質問します

文法練習

ます形	た形	ます形	た形
5. します		7. もらいます	
6. 見ます	見	8. 終わります	終

会話パターン

A：いつ〜ますか。

B：〜た後、〜ます。

書いてみましょう（答え）

例 今の仕事を（ 辞めます ）→ 新しい仕事を探します

A： いつ新しい仕事を探しますか。

什麼時候找新的工作呢？

B： 今の仕事を辞めた後、探します。

辭掉現在的工作之後，再去找。

話してみましょうB

- 請用「〜た後、〜ます」回答對方。
  1. 犬の散歩に（ 行きます ）→ シャワーを浴びます
  2. 先生が（ 帰ります ）→ 先生について話します
  3. チョコレートを（ 渡します ）→ 告白します
  4. 浴衣を（ 着ます ）→ 写真を撮ります

- 請依下列提示，用「いつ〜ますか」詢問對方，並將對方的回答，用「動詞ます形」填入（　　　）。
  5. 注文（　　　　　）→ お金を払います
  6. 映画を（　　　　　）→ お風呂に入ります
  7. ボーナスを（　　　　　）→ 仕事を辞めます
  8. 授業が（　　　　　）→ 質問します

書いてみましょう

1. _____　去過北海道嗎？

2. _____　哪裡最好呢？

3. _____　有有趣的東西嗎？

4. _____　很累嗎？

5. _____　你想去哪裡呢？

6. _____　做了什麼呢？

7. _____

　　看看觀光景點啦，吃吃好吃的料理啦，之類的。

会話の例

A：京都に行ったことがありますか。

B：はい、2回行ったことがあります。

A：京都はどうでしたか。

B：とてもきれいでしたよ。

A：京都のどこに行きましたか。

B：金閣寺とか、清水寺とかに行きました。

A：どこが一番よかったですか。

B：清水寺が一番よかったです。

A：もう一度行きたいですか。

B：はい、ぜひ行きたいです。

A：大阪に行ったことがありますか。

B：いいえ、ありません。

A：大阪に行きたいですか。

B：はい、ユニバに行きたいです。

■ 書いてみましょう（答え）

1. 北海道に行ったことがありますか。　　去過北海道嗎？

2. どこが一番よかったですか。　　哪裡最好呢？

3. おもしろいものがありましたか。　　有有趣的東西嗎？

4. 疲れましたか。　　很累嗎？

5. どこに行きたいですか。　　你想去哪裡呢？

6. 何をしましたか。　　做了什麼呢？

7. 観光地を見たり、おいしい料理を食べたりしました。

看看觀光景點啦，吃吃好吃的料理啦，之類的。

■ 参考単語・表現

日本三景：〇松島（宮城県）　〇天橋立（京都府）
　　　　　〇宮島（広島県）

日本三名瀑：〇華厳の滝（栃木県）　〇那智の滝（和歌山県）
　　　　　　〇袋田の滝（茨城県）

日本三大夜景：〇函館山（北海道）　〇神戸 摩耶山（兵庫県）
　　　　　　　〇長崎 稲佐山（長崎）

日本三大名城：〇姫路城（兵庫県）　〇松本城（長野県）
　　　　　　　〇熊本城（熊本県）

日本三大名泉：〇有馬温泉（兵庫県）　〇草津温泉（群馬県）
　　　　　　　〇下呂温泉（岐阜県）

日本三大祭り：〇神田祭（東京都）　〇祇園祭（京都府）
　　　　　　　〇天神祭（大阪府）

日本三大がっかり名所：〇札幌市時計台（北海道）
　　　　　　　　　　　〇はりまや橋（高知県）
　　　　　　　　　　　〇オランダ坂（長崎県）

91　行く？　ううん、行かない。要去嗎？　不，不去。

文法練習

	現在肯定	現在否定	過去肯定	過去否定
例	食^たべる	食^たべない	食^たべた	食^たべなかった
1. する				
2. 弾^ひ	弾^ひ	弾^ひ	弾^ひ
3. 泳^{およ}	泳^{およ}	泳^{およ}	泳^{およ}
4. 返^{かえ}	返^{かえ}	返^{かえ}	返^{かえ}

会話パターン

Ａ：～＜普通体肯定＞？

Ｂ：ううん、＜普通体否定＞。

書いてみましょう

例　昨日^{きのう}、朝^{あさ}ごはんを食べましたか。

Ａ：＿＿＿＿＿＿＿＿＿＿＿＿＿＿＿＿＿＿＿＿＿

　　（你）昨天吃了早餐嗎？（普通體）

Ｂ：＿＿＿＿＿＿＿＿＿＿＿＿＿＿　不，（我）沒吃。（普通體）

話してみましょうＡ

- 請用普通體提問。
  1. 明日^{あした}、部屋^{へや}の掃除^{そうじ}をしますか。
  2. 昨日^{きのう}、ピアノを弾きましたか。
  3. 明日^{あした}、プールで泳ぎますか。
  4. 昨日^{きのう}、本^{ほん}を返しましたか。
  5. 明日^{あした}、タクシーを呼びますか。
  6. 昨日^{きのう}、会社^{かいしゃ}を休みましたか。
  7. 明日^{あした}、ホテルに泊まりますか。
  8. 昨日^{きのう}、スマホを持^もって来ましたか。
- 請以「ううん、～」回答。

文法練習

現在肯定	現在否定	過去肯定	過去否定
5. 呼^よ	呼^よ	呼^よ	呼^よ
6. 休^{やす}	休^{やす}	休^{やす}	休^{やす}
7. 泊^と	泊^と	泊^と	泊^と
8. 来^{（）}	来^{（）}	来^{（）}	来^{（）}

会話パターン

> A：〜＜普通体肯定＞？
>
> B：ううん、＜普通体否定＞。

書いてみましょう（答え）

例 昨日、朝ごはんを食べましたか。

A：　昨日、朝ごはんを食べた？

（你）昨天吃了早餐嗎？（普通體）

B：　ううん、食べなかった。　　　　　　不，（我）沒吃。（普通體）

話してみましょうB

- 請以「ううん、〜」回答。
- 請用普通體提問。

9. 昨日、トイレの掃除をしましたか。

10. 明日、ギターを弾きますか。

11. 昨日、海で泳ぎましたか。

12. 明日、お金を返しますか。

13. 昨日、友達を呼びましたか。

14. 明日、学校を休みますか。

15. 昨日、旅館に泊まりましたか。

16. 明日、彼を連れて来ますか。

92　好き？　ううん、好きじゃない。喜歡嗎？　不，不喜歡。

文法練習

丁寧体	普通体
例 暑^{あつ}いです。	暑^{あつ}い。
1. 暑^{あつ}くないです。	暑^{あつ}
2. 暑^{あつ}いですか。	暑^{あつ}

会話パターン

A：～＜普通体現在肯定＞？

B：ううん、＜普通体現在否定＞よ。

書いてみましょう

例 先生^{せんせい}は親切^{しんせつ}ですか。

A：＿＿＿＿＿＿＿＿＿＿＿＿＿＿＿＿＿＿＿＿＿＿

老師親切嗎？（普通體）

B：＿＿＿＿＿＿＿＿＿＿＿＿＿＿＿＿＿＿＿＿＿＿

不，不親切喔。（普通體）

話してみましょうA

- 請用普通體提問。

1. 今日^{きょう}は寒^{さむ}いですか。
2. 日本語^{にほんご}は簡単^{かんたん}ですか。
3. 今^{いま}、雨^{あめ}ですか。
4. 犬^{いぬ}が好^すきですか。
5. 体^{からだ}の調子^{ちょうし}はいいですか。
6. この問題^{もんだい}は無理^{むり}ですか。
7. 彼^{かれ}（彼女^{かのじょ}）がほしいですか。
8. 勉強^{べんきょう}したいですか。

- 請以「ううん、～」回答。

文法練習

丁寧体	普通体
3. 暇です。	暇
4. 暇じゃありません。	暇
5. 暇ですか。	暇

会話パターン

A：〜＜普通体現在肯定＞？

B：ううん、＜普通体現在否定＞よ。

書いてみましょう（答え）

例 先生は親切ですか。

A：　先生は親切？　　　　　　　　　　　老師親切嗎？（普通體）

B：　ううん、親切じゃないよ。　　　　　不，不親切喔。（普通體）

話してみましょうB

- 請以「ううん、〜」回答。

- 請用普通體提問。

9. コーヒーが嫌いですか。

10. 今、忙しいですか。

11. 日本人ですか。

12. 旅行に行きたいですか。

13. 仕事は大変ですか。

14. テニスは上手ですか。

15. スマホの調子はいいですか。

16. 授業は楽しいですか。

文法練習

丁寧体	普通体
1. 暑^{あつ}かったです。	暑^{あつ}
2. 暑^{あつ}くなかったです。	暑^{あつ}
3. 暑^{あつ}かったですか。	暑^{あつ}

会話パターン

A：〜＜普通体過去肯定＞？

B：ううん、＜普通体過去否定＞。

書いてみましょう

例　昨日^{きのう}のテストは（簡単^{かんたん}）

A：＿＿＿＿＿＿＿＿＿＿＿＿＿＿＿＿＿＿＿

　　昨天的考試很簡單嗎？（普通體）

B：＿＿＿＿＿＿＿＿＿＿＿＿＿＿＿＿＿＿＿

　　不，不簡單。（普通體）

話してみましょうA

- 請用普通體的過去式提問。
  1. 昨日^{きのう}は（雨^{あめ}）
  2. 昨日^{きのう}の天気^{てんき}は（いい）
  3. 前^{まえ}のテストは（簡単^{かんたん}）
  4. 今朝^{けさ}は（涼^{すず}しい）
  5. 昨日^{きのう}、公園^{こうえん}は人^{ひと}が（多^{おお}い）
  6. 昨日^{きのう}の晩^{ばん}、（暇^{ひま}）

- 請以「ううん、〜」回答。

文法練習

丁寧体	普通体
4. 暇<ruby>ひま</ruby>でした。	暇<ruby>ひま</ruby>
5. 暇<ruby>ひま</ruby>じゃありませんでした。	暇<ruby>ひま</ruby>
6. 暇<ruby>ひま</ruby>でしたか。	暇<ruby>ひま</ruby>

会話パターン

> Ａ：＜普通体過去肯定＞？
>
> Ｂ：ううん、＜普通体過去否定＞。

書いてみましょう（答え）

例 昨日<ruby>きのう</ruby>のテストは（簡単<ruby>かんたん</ruby>）

Ａ：　昨日<ruby>きのう</ruby>のテストは簡単<ruby>かんたん</ruby>だった？

　　　昨天的考試很簡單嗎？（普通體）

Ｂ：　ううん、簡単<ruby>かんたん</ruby>じゃなかった。

　　　不，不簡單。（普通體）

話してみましょうB

- 請以「ううん、～」回答。
- 請用普通體的過去式提問。

    7. そこの風景<ruby>ふうけい</ruby>は（きれい）
    8. 先週<ruby>せんしゅう</ruby>の体<ruby>からだ</ruby>の調子<ruby>ちょうし</ruby>は（いい）
    9. 昨日<ruby>きのう</ruby>のカレーは（おいしい）
    10. 昨日<ruby>きのう</ruby>、（暇<ruby>ひま</ruby>）
    11. 昨日<ruby>きのう</ruby>の映画<ruby>えいが</ruby>は（おもしろい）
    12. そのかばんは（高<ruby>たか</ruby>い）

94 どうだった？如何呢？

会話パターン

> A：＜疑問詞＞～た？
> B：（答え）。 ／
> 　　＜疑問詞＞も～なかったよ。　→　（会話終了）
> A：どうだった？
> B：（答え）。

書いてみましょう

例 昨天去哪裡？

A：_____
　　劉小姐，昨天去了哪裡？（普通體）

B：_____
　　（我）去海邊喔。／哪都沒去喔。（普通體）

A：_____ 怎麼樣？（普通體）

B：_____ 很漂亮喔。（普通體）

話してみましょうA

- 請用普通體提問。
  1. 昨天晚上吃了什麼？
  2. 上星期買了什麼？
  3. 今天喝了什麼？
  4. 昨天去了哪裡？
- 請用普通體回答。

参考単語・表現

> おもしろかった 楽しかった つまらなかった
> きれいだった 普通だった よかった
> おいしかった まずかった まあまあだった（還好）

会話パターン

> A：＜疑問詞＞〜た？
>
> B：（答え）。　/
>
> 　　＜疑問詞＞も〜なかったよ。　→（会話終了）
>
> A：どうだった？
>
> B：（答え）。

書いてみましょう（答え）

例　昨天去哪裡？

A：　劉さん、昨日どこに行った？

　　劉小姐，昨天去了哪裡？（普通體）

B：　海に行ったよ。　/　どこにも行かなかったよ。

　　（我）去海邊喔。/ 哪都沒去喔。（普通體）

A：　どうだった？　　　　　　　　　　　　　　怎麼樣？（普通體）

B：　きれいだったよ。　　　　　　　　　　　　很漂亮喔。（普通體）

話してみましょうB

- 請用普通體回答。
- 請用普通體提問。

  5. 今天早餐吃了什麼？
  6. 上星期天去了哪裡？
  7. 最近看了什麼書？
  8. 昨天晚上做了什麼？

参考単語・表現

> おもしろかった　楽しかった　つまらなかった
>
> きれいだった　普通だった　よかった
>
> おいしかった　まずかった　まあまあだった（還好）

文法練習

ます形	普通体現在肯定	普通体過去肯定
1. 帰ります	帰	帰
2. 浴びます	浴	浴
3. 来ます	(　)来	(　)来

会話パターン

A：何時に〜（〜ますか / 〜ましたか）。

B：〜＜辞書形 / た形＞時間は〜時くらいです。

書いてみましょう

例 今日、何時に（起きた）

A：_____

　　許先生（你）今天幾點起來呢？（丁寧體）

B：_____

　　（我）起來的時間是8點左右。

話してみましょうA

- 請用丁寧體詢問對方下列事項是幾點做的呢？
  1. いつも、何時に（帰る）
  2. 昨日、何時にシャワーを（浴びた）
  3. 来週、学校に何時に（来る）
  4. 今日、何時に家を（出た）
  5. 今晩、何時にお風呂に（入る）
- 請以「〜する / した時間は〜時です」來回答。

文法練習

ます形	普通体現在肯定	普通体過去肯定
4. 出ます	出	出
5. 入ります	入	入

会話パターン

A：何時に～（～ますか / ～ましたか）。

B：～＜辞書形 / た形＞時間は～時くらいです。

書いてみましょう（答え）

例 今日、何時に（起きた）

A： 許さんは今日、何時に起きましたか。

　　許先生（你）今天幾點起來呢？（丁寧體）

B： 起きた時間は８時くらいです。

　　（我）起來的時間是８點左右。

話してみましょうB

- 請以「～する / した時間は～時です」來回答。

- 請用丁寧體詢問對方下列事項是幾點做的呢？

　6. 昨日、何時に家に（帰った）

　7. いつも、何時にシャワーを（浴びる）

　8. 今日、何時にここに（来た）

　9. 明日、何時に家を（出る）

　10. 昨日の晩、何時にお風呂に（入った）

文法練習

	辞書形	～ている
帽子 / ヘルメット		ている
スーツ / セーター / 着物 / コート		ている
ズボン / ジーンズ / くつ		ている
めがね / ネックレス / ネクタイ		ている

会話パターン

A：教室に～ている人がいますか。

B：はい、～ている人がいます。 /

いいえ、～ている人はいません。

書いてみましょう

例 教室にスーツ

A：＿＿＿＿＿＿＿＿＿＿＿＿＿＿＿＿＿＿＿＿＿

教室裡有人穿西裝嗎？

B：＿＿＿＿＿＿＿＿＿＿＿＿＿＿＿＿＿＿＿＿＿是，有人穿西裝。

＿＿＿＿＿＿＿＿＿＿＿＿＿＿＿＿＿＿＿＿＿不，沒有人穿西裝。

話してみましょうA

- 請詢問班上是否有以下裝扮的人？
  1. 教室に帽子
  2. 教室に黒いズボン
  3. 教室にイヤリング
  4. 教室にめがね
  5. 教室にセーター

- 請回答班上是否有這樣裝扮的人。

参考単語・表現

	動詞 I	動詞2
めがね	かける	
ネックレス / イヤリング / マスク / 時計（とけい） / コンタクト	つける	する
ネクタイ / ベルト	締（し）める	

会話パターン

A：教室（きょうしつ）に〜ている人（ひと）がいますか。

B：はい、〜ている人（ひと）がいます。 /
いいえ、〜ている人（ひと）はいません。

書いてみましょう（答え）

例 教室（きょうしつ）にスーツ

A： 教室（きょうしつ）にスーツを着（き）ている人（ひと）がいますか。

教室裡有人穿西裝？

B： はい、スーツを着（き）ている人（ひと）がいます。 　是，有人穿西裝。

いいえ、スーツを着（き）ている人（ひと）はいません。

不，沒有人穿西裝。

話してみましょうB

- 請回答班上是否有這樣裝扮的人。

- 請詢問班上是否有以下裝扮的人？

6. 教室（きょうしつ）にジーンズ
7. 教室（きょうしつ）に着物（きもの）
8. 教室（きょうしつ）にヘルメット
9. 教室（きょうしつ）にネックレス
10. 教室（きょうしつ）にコート

会話パターン

> A：～＜辞書形 / た形＞時、何と言いますか。
>
> B：「～」と言います。

書いてみましょう

例 ごはんを食べます。

A：_____

開動的時候，要說什麼呢？

B：_____ 要說「開動了」。

話してみましょうA

- 請詢問對方，以下狀況，用日文該說什麼。
  1. 自分が今から家を出ます。
  2. レストランでお店の人を呼びます。
  3. 自分が家に着きました。
  4. 友達の家に入ります。
  5. 朝、人に会いました。

- 請回答對方問題。

参考単語・表現

> いただきます（開動了）/ ごちそうさまでした（謝謝招待）
>
> いってきます（我要走了）/ いってらっしゃい（慢走）
>
> ただいま（我回來了）/ おかえりなさい（你回來了）
>
> お邪魔します（打擾了）
>
> おはようございます / こんにちは / こんばんは / おやすみなさい
>
> いらっしゃいませ（歡迎光臨）
>
> あけましておめでとうございます（新年快樂）

会話パターン

> A：～＜辞書形 / た形＞時、何と言いますか。
>
> B：「～」と言います。

書いてみましょう（答え）

例 ごはんを食べます。

A：　ごはんを食べる時、何と言いますか。

　　　開動的時候，要說什麼呢？

B：　「いただきます」と言います。　　　要說「開動了」。

話してみましょうB

- 請回答對方問題。

- 請詢問對方，以下狀況，用日文該說什麼。

  6. ごはんを食べました。
  7. 友達にチョコレートをあげます。
  8. 夜、寝ます。
  9. 店にお客さんが来ました。
  10. お正月にその年、初めて友達に会いました。

参考単語・表現

いただきます（開動了）/ ごちそうさまでした（謝謝招待）

いってきます（我要走了）/ いってらっしゃい（慢走）

ただいま（我回來了）/ おかえりなさい（你回來了）

お邪魔します（打擾了）

おはようございます / こんにちは / こんばんは / おやすみなさい

いらっしゃいませ（歡迎光臨）

あけましておめでとうございます（新年快樂）

98 いつ会ったんですか。什麼時候見面了？

会話パターン

> A：〜ましたか。
> B：はい、〜ました。 /
> 　　いいえ、〜ませんでした。 → （会話終了）
> A：どこで〜たんですか。
> B：（場所）で〜ました。
> A：いつ〜たんですか。
> B：（時間）くらいに〜ました。

書いてみましょう

例 昨日、小説を（読んだ）

A：＿＿＿＿＿＿＿＿＿＿＿＿＿　昨天看小說了嗎？

B：＿＿＿＿＿＿＿＿＿＿＿＿＿　是，看了。

A：＿＿＿＿＿＿＿＿＿＿＿＿＿　在哪裡看了？

B：＿＿＿＿＿＿＿＿＿＿＿＿＿　在家裡看了。

A：＿＿＿＿＿＿＿＿＿＿＿＿＿　什麼時候看了？

B：＿＿＿＿＿＿＿＿＿＿＿＿＿　9點左右看了。

話してみましょうＡ

- 請先依序問下列問題，若對方回答「はい」，請繼續詢問「どこで いつ」等問題。
  1. 昨日、昼ごはんを（食べた）
  2. 昨日、テレビを（見た）
  3. 昨日、歯を（磨いた）
  4. 昨日、MRT（バス）に（乗った）
  5. 最近、クレジットカードを（使った）
- 請回答問題。

会話パターン

A：〜ましたか。

B：はい、〜ました。 /
　　いいえ、〜ませんでした。 → （会話終了）

A：どこで〜たんですか。

B：（場所）で〜ました。

A：いつ〜たんですか。

B：（時間）くらいに〜ました。

書いてみましょう（答え）

例 昨日、小説を（読んだ）

A： 昨日、小説を読みましたか。　　　　　昨天看小說了嗎？

B： はい、読みました。　　　　　　　　　是，看了。

A： どこで読んだんですか。　　　　　　　在哪裡看了？

B： 家で読みました。　　　　　　　　　　在家裡看了。

A： いつ読んだんですか。　　　　　　　　什麼時候看了？

B： 9時くらいに読みました。　　　　　　9點左右看了。

話してみましょうB

- 請回答問題。
- 請先依序問下列問題，若對方回答「はい」，請繼續詢問「どこで いつ」等問題。

　6. 昨日、飲み物を（飲んだ）
　7. 昨日、スマホを（充電した）
　8. 昨日、顔を（洗った）
　9. 昨日、シャワーを（浴びた）
　10. 昨日、友達と（話した）

■ 会話パターン

> 昨日(きのう)、Yました。（XでしたからＸ）
>
> A：昨日(きのう)、Yました。
>
> B：どうしてYたんですか。
>
> A：Xだったからです。

■ 書いてみましょう

例 昨日(きのう)、彼女(かのじょ)に電話(でんわ)しました。（月(つき)がきれいでしたから）

A：_____

　　昨天（我）打電話給女朋友了。

B：_____

　　為什麼打電話了呢？

A：_____

　　因為月亮很漂亮。

■ 話してみましょうＡ

- 請先對對方說下列句子，然後再回答問題。
  1. 昨日(きのう)、掃除(そうじ)しました。（部屋(へや)がめちゃめちゃでしたから）
  2. 昨日(きのう)、会社(かいしゃ)を休(やす)みました。（風邪(かぜ)でしたから）
  3. 昨日(きのう)、家(うち)で本(ほん)を読(よ)みました。（暇(ひま)でしたから）
  4. 昨日(きのう)、海(うみ)の写真(しゃしん)を10枚(まい)も撮(と)りました。（きれいでしたから）
  5. 昨日(きのう)、焼(や)き肉(にく)を山(やま)ほど食(た)べました。（食(た)べ放題(ほうだい)でしたから）

- 請聽聞對方內容，並詢問其理由。

会話パターン

昨日、Yました。（XでしたXから）

A：昨日、Yました。

B：どうしてYたんですか。

A：XだったからXです。

書いてみましょう（答え）

例 昨日、彼女に電話しました。（月がきれいでしたから）

A： 昨日、彼女に電話しました。

昨天（我）打電話給女朋友了。

B： どうして電話したんですか。

為什麼打電話了呢？

A： 月がきれいだったからです。

因為月亮很漂亮。

話してみましょうB

- 請聽聞對方內容，並詢問其理由。
- 請先對對方說下列句子，然後再回答問題。

6. 昨日、ケーキを買いました。（母の誕生日でしたから）
7. 昨日、スーツを着ました。（結婚式でしたから）
8. 昨日、温泉に行きました。（家のお風呂が故障でしたから）
9. 昨日、ずっと家でゴロゴロしていました。（休みでしたから）
10. 昨日、散歩に行きました。（いい天気でしたから）

100 実践！ 詳しく聞きましょう！詳細地問問吧！

書いてみましょう

1. A：＿＿＿＿＿＿＿＿＿＿＿＿＿＿＿＿＿ 林小姐常去夜市嗎？

   B：＿＿＿＿＿＿＿＿＿＿＿＿＿＿＿＿＿＿＿
   　　　最近，會每週去附近的夜市。

   A：＿＿＿＿＿＿＿＿＿＿＿＿＿＿＿＿＿ 去夜市做什麼呢？

2. A：＿＿＿＿＿＿＿＿＿＿＿＿＿＿＿＿＿ 田中先生常喝酒嗎？

   B：＿＿＿＿＿＿＿＿＿＿＿＿＿＿＿＿＿ 不，我不喝酒。

   A：＿＿＿＿＿＿＿＿＿＿＿＿＿＿＿＿＿ 討厭喝酒嗎？

3. A：＿＿＿＿＿＿＿＿＿＿＿＿＿＿＿＿＿ 最近，看了電影嗎？

   B：＿＿＿＿＿＿＿＿＿＿＿＿＿＿＿＿＿＿＿
   　　　上星期天去看電影了。

   A：＿＿＿＿＿＿＿＿＿＿＿＿＿＿＿＿＿ 跟誰去看了電影呢？

会話の例

A：よく運動をしますか。

B：はい、時々します。

A：どんな運動をするんですか。

B：バトミントンをします。

A：どこでバトミントンをするんですか。

B：スポーツセンターでします。

A：誰とバトミントンをするんですか。

B：いつも彼とバトミントンをします。

A：彼と、Bさんのどちらが上手ですか。

B：私のほうです。

▰▰ 書いてみましょう（答え）

1. A： 林さんはよく夜市に行きますか。　　　林小姐常去夜市嗎？

   B： 最近、毎週近くの夜市に行きます。

   最近，會每週去附近的夜市。

   A： 何をしに夜市に行くんですか。　　　去夜市做什麼呢？

2. A： 田中さんはよくお酒を飲みますか。　　田中先生常喝酒嗎？

   B： いいえ、飲みません。　　　不，我不喝酒。

   A： お酒が嫌いなんですか。　　　討厭喝酒嗎？

3. A： 最近、映画を見ましたか。　　　最近，看了電影嗎？

   B： 先週日曜日、映画を見に行きました。

   上星期天去看電影了。

   A： 誰と映画を見に行ったんですか。　　　跟誰去看了電影呢？

▰▰ 話を始める質問の例

よくお酒を飲みますか。

よく夜市に行きますか。

よく映画を見ますか。

よく料理を作りますか。

最近、旅行に行きましたか。

最近、運動をしましたか。

最近、服を買いましたか。

最近、映画を見ましたか。

> 對已確定的事情，要進一步詳細詢問時，要以「～んですか」提問。
>
> 例 A：昨日、名古屋に行きました。
>
> B：どうやって行ったんですか。
>
> B：何時間かかったんですか。

51

文法練習

1. 貸して　　2. 消して　　3. 閉めて　　4. 書いて　　5. 乗って　　6. 持って来て

7. 撮って　　8. 教えて　　9. 開けて　　10. 取って　　11. 払って　　12. 送って

話してみましょう

1. すみません、写真を撮ってください。…写真ですね。わかりました。

2. 電話番号を教えてください。…電話番号ですね。わかりました。

3. ドアを開けてください。…ドアですね。わかりました。

4. 塩を取ってください。…塩ですね。わかりました。

5. 2000円、払ってください。…2000円ですね。わかりました。

6. メールを送ってください。…メールですね。わかりました。

7. 1000円、貸してください。…1000円ですね。わかりました。

8. エアコンを消してください。…エアコンですね。わかりました。

9. 窓を閉めてください。…窓ですね。わかりました。

10. 名前を書いてください。…名前ですね。わかりました。

11. 9番のバスに乗ってください。…9番のバスですね。わかりました。

12. コップを持って来てください。…コップですね。わかりました。

52

文法練習

1. 2 / 見せて　　2. 2 / 見て　　3. 1 / 手伝って　　4. 1 / 飲んで　　5. 1 / 行って

6. 1 / 読んで　　7. 1 / 話して　　8. 1 / 撮って　　9. 2 / 止めて　　10. 1 / 待って

話してみましょう

1. 今、ここを読みますか。…はい、読んでください。

2. 今、そのことを話しますか…はい、話してください。

3. 写真を撮りますか。…はい、撮ってください。

4. 車をここに止めますか。…はい、止めてください。

5. ここで待ちますか。…はい、待ってください。

6. 今、パスポートを見せますか。…はい、見せてください。

7. 今、答えを見ますか。…はい、見てください。

8. 手伝いますか。…はい、手伝ってください。

9. この薬を飲みますか。…はい、飲んでください。

10. 今、事務室に行きますか。…はい、行ってください。

53

話してみましょう

1. すみません。銀行はどこですか。
…この信号を右に曲がってください。それから、次の信号を（も）右に曲がってください。

2. すみません。本屋はどこですか。
…この信号をまっすぐ行ってください。それから、次の信号を（も）まっすぐ行ってください。

3. すみません。デパートはどこですか。
…この信号を右に曲がってください。それから、次の信号を左に曲がってください。

4. すみません。ホテルはどこですか。
…この信号を左に曲がってください。それから、次の信号をまっすぐ行ってください。

5. すみません。公園はどこですか。
…この信号を左に曲がってください。それから、次の信号を（も）左に曲がってください。

6. すみません。スーパーはどこですか。
…この信号をまっすぐ行ってください。それから、次の信号を右に曲がってください。

7. すみません。図書館はどこですか。
…この信号を右に曲がってください。それから、次の信号をまっすぐ行ってください。

8. すみません。郵便局はどこですか。
…この信号を左に曲がってください。それから、次の信号を右に曲がってください。

54

話してみましょう　（最後の回答部分は省略）

1. 荷物が重いです。…じゃ、荷物を持ちましょうか。

2. ちょっと暗いです。…じゃ、電気をつけましょうか。

3. 財布を忘れました。…じゃ、お金を貸しましょうか。／お金をあげましょうか。

4. 来週一人で引っ越しします。…じゃ、手伝いましょうか。

5. 傘がありません。…じゃ、傘を貸しましょうか。／一緒に帰りましょうか。

6. ちょっと暑いです。…じゃ、エアコンをつけましょうか。／窓を開けましょうか。

7. 彼（彼女）と二人の写真を撮りたいです。…じゃ、（私が）写真を撮りましょうか。

8. 宿題が難しくて、全然わかりません。…じゃ、（私が）教えましょうか。／しましょうか。

55

話してみましょう　（会話の途中の部分は省略）

1. 林さんは音楽を聞いていますか。…はい、林さんは音楽を聞いています。

2. 李さんは本を読んでいますか。…はい、李さんは本を読んでいます。

3. 王さんはビールを飲んでいますか。…はい、王さんはビールを飲んでいます。

4. 呉さんはパンを食べていますか。…はい、呉さんはパンを食べています。

5. 蔡さんは寝ていますか。…はい、蔡さんは寝ています。

6. 陳さんは運動していますか。…はい、陳さんは運動しています。

7. 田中さんはスマホを見ていますか。…はい、田中さんはスマホを見ています。

8. 高橋さんは紅茶を飲んでいますか。…はい、高橋さんは紅茶を飲んでいます。

9. 佐藤さんはゲームをしていますか。…はい、佐藤さんはゲームをしています。

10. 山本さんは写真を撮っていますか。…はい、山本さんは写真を撮っています。

11. 小林さんは電話をかけていますか。…はい、小林さんは電話をかけています。

12. 鈴木さんはケーキを食べていますか。…はい、鈴木さんはケーキを食べています。

56

文法練習

1. 3／して　　2. 1／飲んで　　3. 1／行って　　4. 1／泳いで　　5. 1／書いて

6. 1／飲んで　　7. 2／食べて　　8. 3／勉強して　　9. 3／来て　　10. 1／帰って

11. 1／吸って　　12. 1／乗って

話してみましょう　（回答部分は省略）

1. たくさん野菜を食べていますか。

2. 毎日、日本語を勉強していますか。

3. 日曜日もここへ来ていますか。

4. いつも8時前に家に帰っていますか。

5. 時々、たばこを吸っていますか。

6. よく自転車に乗っていますか。

7. よく運動をしていますか。

8. 毎日、コーヒーを飲んでいますか。

9. 毎週、デパートに行っていますか。

10. 時々、プールで泳いでいますか。

11. 日記を書いていますか。

12. よくお酒を飲んでいますか。

57

文法練習

1. 1 / 飲んで   2. 1 / 帰って   3. 1 / 入って   4. 2 / 見て   5. 2 / 浴びて

6. 2 / 食べて   7. 2 / 出て   8. 2 / 寝て   9. 1 / 行って   10. 1 / 買って

話してみましょう

1. 私は好きな物を食べてから、嫌いな物を食べます。
   …そうですか。私は嫌いな物を食べてから、好きな物を食べます。

2. 私は家を出てから、化粧をします。
   …そうですか。私は化粧をしてから、家を出ます。

3. 私は寝てから、勉強します。
   …そうですか。私は勉強してから、寝ます。

4. 私は会社に行ってから、朝ごはんを食べます。
   …そうですか。私は朝ごはんを食べてから、会社に行きます。

5. 私は旅行を計画してから、飛行機のチケットを買います。
   …そうですか。私は飛行機のチケットを買ってから、旅行を計画します。

6. 私は料理を食べてから、スープを飲みます。
   …そうですか。私はスープを飲んでから、料理を食べます。

7. 私は食事をしてから、家に帰ります。
   …そうですか。私は家に帰ってから、食事をします。

8. 私は宿題をしてから、お風呂に入ります。
   …そうですか。私はお風呂に入ってから、宿題をします。
9. 私は映画を見てから、ごはんを食べます。
   …そうですか。私はごはんを食べてから、映画を見ます。
10. 私はシャワーを浴びてから、散歩します。
    …そうですか。私は散歩してから、シャワーを浴びます。

58

文法練習

1. よくて　2. 元気で　3. お金持ちで　4. 元気な人　5. お金持ちの人

話してみましょう

1. かわいくて、若い人が好きですか。…はい、若くて、かわいい人が好きです。
2. おもしろくて、元気な人が好きですか。…はい、元気で、おもしろい人が好きです。
3. お金持ちで、背が高い人が好きですか。…はい、背が高くて、お金持ちの人が好きです。
4. 頭がよくて、親切な人が好きですか。…はい、親切で、頭がいい人が好きです。
5. 小さくて、使い方が簡単なスマホが好きですか。…はい、使い方が簡単で、小さいスマホが好きです。
6. 優しくて、静かな人が好きですか。…はい、静かで、優しい人が好きです。
7. 大きい会社の社員で、頭がいい人が好きですか。…はい、頭がよくて、大きい会社の社員の人が好きです。
8. にぎやかで、明るい人が好きですか。…はい、明るくて、にぎやかな人が好きです。
9. 髪が長くて、目が大きい人が好きですか。…はい、目が大きくて、髪が長い人が好きです。
10. 軽くて、便利なスマホが好きですか。…はい、便利で、軽いスマホが好きです。

59

文法練習

1. 1 / 話して　2. 1 / 呼んで　3. 1 / 払って　4. 2 / つけて　5. 1 / 送って

6. 3 / して　7. 1 / 書いて　8. 1 / 作って　9. 1 / 聞いて　10. 1 / 返して

話してみましょう

1. 〜さんはもう宿題をしましたか。…いいえ、まだしていません。

2. ～さんはもう手紙を書きましたか。…いいえ、まだ書いていません。

3. ～さんはもうご飯を作りましたか。…いいえ、まだ作っていません。

4. ～さんはもうこの音楽を聞きましたか。…いいえ、まだ聞いていません。

5. ～さんはもう本を返しましたか。…いいえ、まだ返していません。

6. ～さんはもう先生に話しましたか。…いいえ、まだ話していません。

7. ～さんはもう鈴木さんを呼びましたか。…いいえ、まだ呼んでいません。

8. ～さんはもうお金を払いましたか。…いいえ、まだ払っていません。

9. ～さんはもう電気をつけましたか。…いいえ、まだつけていません。

10. ～さんはもうメールを送りましたか。…いいえ、まだ送っていません。

60

省略

61

文法練習

1. よく　2. 有名に　3. 20 歳に　4. 寒くなります　5. 上手になりました

6. 幸せになります　7. 少なくなりました

話してみましょう

1. みんな、日本語が上手ですね。…そうですね。上手になりましたね。

2. この辺は人が多いですね。…そうですね。多くなりましたね。

3. 駅の近くは便利ですね。…そうですね。便利になりましたね。

4. 最近、子供が少ないですね。…そうですね。少なくなりましたね。

5. 今日は暖かいですね。…そうですね。暖かくなりましたね。

6. この辺はうるさいですね。…そうですね。うるさくなりましたね。

7. 駅の周りはきれいですね。…そうですね。きれいになりましたね。

8. 最近は暇ですね。…そうですね。暇になりましたね。

9. 日本語の授業は難しいですね。…そうですね。難しくなりましたね。

10. 最近、先生は優しいですね。…そうですね。優しくなりましたね。

62

話してみましょう

1. 先週は忙しかったですね。…でも、今は暇になりましたよ。/ 忙しくなくなりましたよ。

2. 先週は天気が悪かったですね。…でも、今は天気がよくなりましたよ。

3. 昔は子供が多かったですね。…でも、今は（子供が）少なくなりましたよ。/ 多くなくなりましたよ。

4. 去年、ここはとてもにぎやかでしたね。…でも、今は静かになりましたよ。/ にぎやかじゃなくなりましたよ。

5. 去年、私は日本語がすごく下手でしたね。…でも、今は（日本語が）上手になりましたよ。/ 下手じゃなくなりましたよ。

6. 去年は仕事が大変でしたね。…でも、今は暇になりましたよ。/ 楽になりましたよ。/ 仕事が少なくなりましたよ。/ 大変じゃなくなりましたよ。

7. 先週は暑かったですね。…でも、今は涼しくなりましたよ。/ 暑くなくなりましたよ。

8. 去年は円が高かったですね。…でも、今は安くなりましたよ。/ 高くなくなりましたよ。

9. ～さんは、昔、臭豆腐がすごく嫌いでしたね。…でも、今は好きになりましたよ。/ 嫌いじゃなくなりましたよ。

10. 去年の授業の日本語は簡単でしたね。…でも、今は難しくなりましたよ。/ 簡単じゃなくなりましたよ。

省略

省略

省略

文法練習

1. 2 / 食べる　　2. 1 / 行く　　3. 2 / 出る　　4. 3 / する　　5. 1 / 飲む

6. 2 / 寝る　　7. 2 / 受ける　　8. 3 / 来る　　9. 3 / 充電する

話してみましょう

1. いつも朝ごはんの時、何を飲む？…（コーヒー / 紅茶 / 牛乳　等）を飲む。
2. いつも何時に寝る？…～時くらいに寝る。
3. いつも何時間、日本語の授業を受ける？…～時間、日本語の授業を受ける。
4. いつもどうやってここに来る？…（バス / バイク / 車 / MRT　等）で来る。
5. いつもどこでスマホを充電する？…（家 / 学校 / 会社 / いろいろなところ　等）で充電する。
6. 明日、何時に起きる？…～時に起きる。
7. 明日、どこで朝ごはんを食べる？…（家 / 朝ごはん屋 / 学校 / 会社　等）で食べる。
8. 明日、どうやって学校（会社）に行く？…（バス / バイク / 車 / MRT　等）で行く。
9. 明日、何時にうちを出る？…～時に出る。
10. 明日、何をする？…会社に行く。 / 買い物をする。 / 家で休む。 / ゲームをする。等

67

文法練習

1. 1 / 作る　2. 1 / 歌う　3. 2 / 見る　4. 1 / 読む
5. 3 / する　6. 1 / 描く　7. 1 / 弾く　8. 1 / 撮る

話してみましょう

1. ～さんの趣味は何ですか。…野球です。…なるほど、野球を（する / 見る）ことですね。
2. ～さんの趣味は何ですか。…絵です。…なるほど、絵を（描く / 見る）ことですね。
3. ～さんの趣味は何ですか。…映画です。…なるほど、映画を見ることですね。
4. ～さんの趣味は何ですか。…写真です。…なるほど、写真を（撮る / 作る）ことですね。
5. ～さんの趣味は何ですか。…デザートです。…なるほど、デザートを（作る / 食べる）ことですね。
6. ～さんの趣味は何ですか。…歌です。…なるほど、歌を（歌う / 聞く）ことですね。
7. ～さんの趣味は何ですか。…ギターです。…なるほど、ギターを（弾く / 聞く）ことですね。
8. ～さんの趣味は何ですか。…漫画です。…なるほど、漫画を（読む / 見る / 描く）ことですね。

文法練習

1. 2 / 食べる　2. 1 / 作る　3. 1 / 洗う　4. 1 / 描く　5. 1 / 読む

6. 1 / 寝る　7. 1 / 泳ぐ　8. 1 / 歌う　9. 3 / 勉強する　10. 1 / 聞く

話してみましょう　（回答部分は省略）

1. 寝るのが好きですか。

2. 泳ぐのが好きですか。

3. 歌を歌うのが好きですか。

4. 図書館で勉強するのが好きですか。

5. ジャズを聞くのが好きですか。

6. 食べるのが好きですか。

7. 料理を作るのが好きですか。

8. お皿を洗うのが好きですか。

9. 絵を描くのが好きですか。

10. 小説を読むのが好きですか。

69

省略

省略

文法練習

1. 1 / 休む / 休まない　2. 2 / 浴びる / 浴びない　3. 2 / 出かける / 出かけない

4. 1 / 呼ぶ / 呼ばない　5. 1 / 買う / 買わない　6. 3 / 運動する / 運動しない

7. 1 / 飲む / 飲まない　8. 1 / 消す / 消さない　9. 1 / 使う / 使わない

10. 2 / 閉める / 閉めない　11. 1 / 乗る / 乗らない　12. 1 / 歌う / 歌わない

13. 2 / 降りる / 降りない

話してみましょう

1. お酒を飲む？…ううん、飲まない。
2. 電気を消す？…ううん、消さない。
3. このカメラを使う？…ううん、使わない。
4. 窓を閉める？…ううん、閉めない。
5. このバスに乗る？…ううん、乗らない。
6. 歌を歌う？…ううん、歌わない。
7. 電車を降りる？…ううん、降りない。
8. 今から泳ぐ？…ううん、泳がない。
9. ちょっと休む？…ううん、休まない。
10. シャワーを浴びる？…ううん、浴びない。
11. 今日、出かける？…ううん、出かけない。
12. タクシーを呼ぶ？…ううん、呼ばない。
13. この本を買う？…ううん、買わない。
14. 後で、運動する？…ううん、運動しない。

72

文法練習

1. 3 / する / しない
2. 1 / 行く / 行かない
3. 1 / 歌う / 歌わない
4. 1 / 撮る / 撮らない
5. 1 / 話す / 話さない
6. 1 / 作る / 作らない
7. 1 / 休む / 休まない
8. 1 / 買う / 買わない
9. 1 / 入る / 入らない
10. 1 / 泳ぐ / 泳がない
11. 1 / 遊ぶ / 遊ばない
12. 1 / 登る / 登らない

話してみましょう

1. ちょっと休まない？…うん、休む休む。
2. 飲み物を買わない？…うん、買う買う。
3. 一緒にカフェに入らない？…うん、入る入る。
4. 一緒に泳がない？…うん、泳ぐ泳ぐ。
5. ちょっと西門町で遊ばない？…うん、遊ぶ遊ぶ。
6. 一緒に富士山に登らない？…うん、登る登る。

7. テニスをしない？…うん、するする。

8. ちょっと散歩に行かない？…うん、行く行く。

9. 一緒に歌わない？…うん、歌う歌う。

10. 一緒に写真を撮らない？…うん、撮る撮る。

11. アニメについて話さない？…うん、話す話す。

12. 一緒に料理を作らない？…うん、作る作る。

73

文法練習

1. 書かない　　2. しない　　3. 読まない　　4. 置かない　　5. 使わない

6. 降りない　　7. 入らない　　8. 消さない　　9. 飲まない　　10. 洗わない

11. 乗らない　　12. つけない

話してみましょう

1. この部屋に入りますか。…いいえ、入らないでください。

2. 今、黒板を消しますか。…いいえ、消さないでください。

3. 今、薬を飲みますか。…いいえ、飲まないでください。

4. ここで野菜を洗いますか。…いいえ、ここで洗わないでください。

5. このバスに乗りますか。…いいえ、乗らないでください。

6. エアコンをつけますか。…いいえ、つけないでください。

7. ここは中国語で書きますか。…いいえ、中国語で書かないでください。

8. メールで連絡をしますか。…いいえ、メールで連絡をしないでください。

9. 今、教科書を読みますか。…いいえ、読まないでください。

10. ここにかばんを置きますか。…いいえ、ここに置かないでください。

11. このパソコンを使いますか。…いいえ、使わないでください。

12. 台北駅で電車を降りますか。…いいえ、台北駅で降りないでください。

74

文法練習

1. 飲んで　　2. 借りて　　3. もらって　　4. 撮って　　5. 使って　　6. 聞いて

7. 消して　　8. 吸って　　9. 座って　　10. 見て　　11. かけて　　12. 投稿して

話してみましょう

1. あのう、今、電気を消してもいいですか。…はい、どうぞ。/ すみません、ちょっと……。

2. 今、ここでタバコを吸ってもいいですか。…はい、どうぞ。/ すみません、ちょっと……。

3. ～さんの隣に座ってもいいですか。…はい、どうぞ。/ すみません、ちょっと……。

4. ～さんのかばんの中を見てもいいですか。…はい、どうぞ。/ すみません、ちょっと……。

5. 夜10時に～さんに電話をかけてもいいですか。…はい、どうぞ。/ すみません、ちょっと……。

6. ～さんの写真をインスタに投稿してもいいですか。…はい、どうぞ。/ すみません、ちょっと……。

7. ここで水を飲んでもいいですか。…はい、どうぞ。/ すみません、ちょっと……。

8. ～さんに1万元借りてもいいですか。…はい、どうぞ。/ すみません、ちょっと……。

9. ティッシュをもらってもいいですか。…はい、どうぞ。/ すみません、ちょっと……。

10. ～さんの写真を撮ってもいいですか。…はい、どうぞ。/ すみません、ちょっと……。

11. ～さんのスマホを使ってもいいですか。…はい、どうぞ。/ すみません、ちょっと……。

12. ～さんのスマホのパスワードを聞いてもいいですか。…はい、どうぞ。/ すみません、ちょっと……。

75

文法練習

1. 座って　　2. 使って　　3. 見て　　4. 泳いで　　5. 移動して
6. 帰って　　7. 撮って　　8. 入って　　9. して　　10. 止めて

話してみましょう

1. 先生、帰ってもいいですか。…いいえ、今は帰ってはいけません。

2. 先生、写真を撮ってもいいですか。…いいえ、今は撮ってはいけません。

3. 先生、教室に入ってもいいですか。…いいえ、今は入ってはいけません。

4. 先生、質問をしてもいいですか。…いいえ、今はしてはいけません。

5. 先生、ここに自転車を止めてもいいですか。…いいえ、今は止めてはいけません。

6. 先生、座ってもいいですか。…いいえ、今は座ってはいけません。

7. 先生、スマホを使ってもいいですか。…いいえ、今は使ってはいけません。

8. 先生、教科書を見てもいいですか。…いいえ、今は見てはいけません。

9. 先生、プールで泳いでもいいですか。…いいえ、今は泳いではいけません。

10. 先生、席を移動してもいいですか。…いいえ、今は移動してはいけません。

76

文法練習

1. 撮って / 撮らない　2. 消して / 消さない　3. 出て / 出ない　4. 読んで / 読まない

5. 座って / 座らない　6. つけて / つけない　7. 入って / 入らない　8. 書いて / 書かない

9. 帰って / 帰らない　10. 止めて / 止めない　11. 乗って / 乗らない　12. 見て / 見ない

話してみましょう

1. 部屋に入ってもいいですか。…いいえ、入らないでください。

2. ボールペンで書いてもいいですか。…いいえ、書かないでください。

3. 今、家に帰ってもいいですか。…いいえ、帰らないでください。

4. ここに車を止めてもいいですか。…いいえ、止めないでください。

5. この自転車に乗ってもいいですか。…いいえ、乗らないでください。

6. テストの時、教科書を見てもいいですか。…いいえ、見ないでください。

7. 写真を撮ってもいいですか。…いいえ、撮らないでください。

8. 電気を消してもいいですか。…いいえ、消さないでください。

9. 今、教室を出てもいいですか。…いいえ、出ないでください。

10. この日記を読んでもいいですか。…いいえ、読まないでください。

11. この椅子に座ってもいいですか。…いいえ、座らないでください。

12. エアコンをつけてもいいですか。…いいえ、つけないでください。

77

文法練習

1. 払わない　2. 起きない　3. 持って来ない　4. 出ない

5. 来ない　6. 受けない　7. しない　8. 持って行かない

話してみましょう

1. 明日（来週）は、何時までに学校に来なければなりませんか。…～時までに学校に来なければなりません。

2. 一週間にだいたい何時間、授業を受けなければなりませんか。…～時間、受けなければなりません。

3. 寝る前に、何をしなければなりませんか。…～なければなりません。

4. 日本に行く時、何を持って行かなければなりませんか。…～を持って行かなければなりません。

5. 毎月、携帯電話の費用をいくら払わなければなりませんか。…～元、払わなければなりません。

6. 月曜日は何時までに起きなければなりませんか。…～時までに起きなければなりません。

7. 授業の時、何を持って来なければなりませんか。…～を持って来なければなりません。

8. 12時の飛行機に乗る時、何時までに家を出なければなりませんか。…～時までに家を出なければなりません。

78

文法練習

1. 書きます / 書かない　　2. 買います / 買わない　　3. 飲みます / 飲まない

4. 作ります / 作らない　　5. 読みます / 読まない　　6. 歌います / 歌わない

7. 洗います / 洗わない　　8. 覚えます / 覚えない　　9. します / しない

10. 入れます / 入れない

話してみましょう

1. 10曲も、歌を歌いますか。…いいえ、そんなに歌わなくてもいいです。

2. このお皿、全部洗いますか。…いいえ、そんなに洗わなくてもいいです。

3. この単語を全部覚えますか。…いいえ、そんなに覚えなくてもいいです。

4. これから10時間も、仕事をしますか。…いいえ、そんなにしなくてもいいです。

5. この野菜を全部、弁当箱に入れますか。…いいえ、そんなに入れなくてもいいです。

6. 作文を10枚も書きますか。…いいえ、そんなに書かなくてもいいです。

7. ビールを10本も買いますか。…いいえ、そんなに買わなくてもいいです。

8. このお酒を全部飲みますか。…いいえ、そんなに飲まなくてもいいです。

9. 今すぐ10人分の料理を作りますか。…いいえ、そんなに作らなくてもいいです。

10. 明日までにこの本を全部読みますか。…いいえ、そんなに読まなくてもいいです。

79

文法練習

1. 飲まない　　2. あげない　　3. 受けない　　4. 持っていない　　5. 脱がない

6. 乗らない　　7. 作らない　　8. 使わない　　9. 来ない　　　　10. はかない

話してみましょう　　（回答部分は省略）

1. 毎日、バスやMRTに乗らなければなりませんか。

2. 毎日、お弁当を作らなければなりませんか。

3. 授業の時、敬語を使わなければなりませんか。

4. 授業の時、パソコンやタブレット（平板電脳）を持って来なければなりませんか。

5. ～さんの家では、スリッパをはかなければなりませんか。

6. 乾杯の時、お酒を一杯全部飲まなければなりませんか。

7. 毎年、お年玉をあげなければなりませんか。

8. 次のJLPT（日本語能力試験）を受けなければなりませんか。

9. いつも身分証を持っていなければなりませんか。

10. 教室では、くつを脱がなければなりませんか。

80

省略

81

文法練習

1. 浴びた　　2. 撮った　　3. 閉めた　　4. 読んだ　　5. 捨てた　　6. 食べた

7. 払った　　8. 書いた　　9. 作った　　10. もらった　　11. 消した

話してみましょう

1. もう昼ごはんを食べた？…ううん、後で食べる。

2. もうお金を払った？…ううん、後で払う。

3. もうレポートを書いた？…ううん、後で書く。

4. もうご飯を作った？…ううん、後で作る。

5. もう給料をもらった？…ううん、後でもらう。

6. もう電気を消した？…ううん、後で消す。

7. もうコーヒーを飲んだ？…ううん、後で飲む。

8. もうシャワーを浴びた？…ううん、後で浴びる。

9. もう写真を撮った？…ううん、後で撮る。

10. もう窓を閉めた？…ううん、後で閉める。

11. もうレポートを読んだ？…ううん、後で読む。

12. もうゴミを捨てた？…ううん、後で捨てる。

82

文法練習

1. 食べない / 食べた　2. 入らない / 入った　3. しない / した

4. 遊ばない / 遊んだ　5. 飲まない / 飲んだ　6. 見ない / 見た

7. 歌わない / 歌った　8. 行かない / 行った

話してみましょう

1. 一緒にお酒を飲まない？…ごめん、昨日、飲んだから……。

2. 一緒にこの映画を見ない？…ごめん、昨日、見たから……。

3. 一緒にカラオケで歌わない？…ごめん、昨日、歌ったから……。

4. 一緒にデパートに行かない？…ごめん、昨日、行ったから……。

5. 一緒にピザを食べない？…ごめん、昨日、食べたから……。

6. 一緒に一蘭のラーメンを食べない？…ごめん、昨日、食べたから……。

7. 一緒に温泉に入らない？…ごめん、昨日、入ったから……。

8. 一緒にテニスをしない？…ごめん、昨日、したから……。

9. 一緒に西門町で遊ばない？…ごめん、昨日、遊んだから……。

10. 一緒にカフェでコーヒーを飲まない？…ごめん、昨日、飲んだから……。

文法練習

1. 飲んだ　2. 入った　3. 食べた　4. 登った　5. もらった

6. 行った　7. 読んだ　8. 乗った　9. した　10. 使った

話してみましょう　（回答部分は省略）

1. 京都に行ったことがありますか。

2. 日本の小説を読んだことがありますか。

3. 新幹線に乗ったことがありますか。

4. 離婚をしたことがありますか。

5. マックのパソコンを使ったことがありますか。

6. 日本のお酒を飲んだことがありますか。

7. 日本の温泉に入ったことがありますか。

8. 檳榔を食べたことがありますか。

9. 富士山に登ったことがありますか。

10. バレンタインデーにチョコレートをもらったことがありますか。

文法練習

1. いじった　2. した　3. 受けた　4. 遊んだ　5. 見た　6. 作った

7. 行った　8. 読んだ　9. 寝た　10. 飲んだ　11. 聞いた　12. 入った

話してみましょう

時間	3日前	おととい	昨日
午前	授業を受ける / スマホをいじる	ごろごろする / テレビを見る	音楽を聞く / 宿題をする
午後	授業を受ける / ぼーっとする	雑誌を読む / 寝る	紅茶を飲む / スマホをいじる
夕方	デートをする / 図書館に行く	勉強する / 本屋に行く	料理を作る / 本を読む
夜	猫と遊ぶ / 洗濯する	映画を見る / お酒を飲む	お風呂に入る / 掃除をする

しょうりゃく
省略

文法練習

1. 見_みながら　　2. 話_{はな}しながら　　3. しながら　　4. 食_たべながら　　5. 浴_あびながら

6. 聞_ききながら　　7. 歌_{うた}いながら　　8. 飲_のみながら　　9. いじりながら　10. 歩_{ある}きながら

話してみましょう　（回答部分_{かいとうぶぶん}は省略_{しょうりゃく}）

1. よく音楽_{おんがく}を聞_ききながら、日本語_{にほんご}の勉強_{べんきょう}をしますか。

2. よく歌_{うた}を歌_{うた}いながら、シャワーを浴_あびますか。

3. よくビールを飲_のみながら、晩_{ばん}ごはんを食_たべますか。

4. よくスマホをいじりながら、授業_{じゅぎょう}を受_うけますか。

5. よく歩_{ある}きながら、電話_{でんわ}で話_{はな}しますか。

6. よく動画_{どうが}を見_みながら、ごはんを食_たべますか。

7. よく友達_{ともだち}と話_{はな}しながら、スマホをいじりますか。

8. よく電話_{でんわ}をしながら、運転_{うんてん}をしますか。

9. よくお菓子_{かし}を食_たべながら、映画_{えいが}を見_みますか。

10. よくシャワーを浴_あびながら、お酒_{さけ}を飲_のみますか。

話してみましょう　（回答部分_{かいとうぶぶん}は省略_{しょうりゃく}）

1. テニスができますか。

2. 車_{くるま}の運転_{うんてん}ができますか。

3. 「UNO!」というゲームができますか。

4. フランス語_ごができますか。

5. スキーができますか。

6. 日本語_{にほんご}のタイピングができますか。

7. 麻雀_{マージャン}ができますか。

8. サッカーができますか。

9. 料理ができますか。

10. 英語ができますか。

88

文法練習

1. 弾く　　2. 歌う　　3. 乗る　　4. 書く　　5. 覚える　　6. する

7. 作る　　8. 飲む　　9. 話す　　10. 読む　　11. 泳ぐ　　12. 描く

話してみましょう　　（回答部分は省略）

1. 日本料理を作ることができますか。

2. ウイスキーを飲むことができますか。

3. フランス語を話すことができますか。

4. 日本語のホームページを読むことができますか。

5. 1キロ、泳ぐことができますか。

6. 漫画を描くことができますか。

7. ギターを弾くことができますか。

8. 日本語の歌を歌うことができますか。

9. 自転車に乗ることができますか。

10. 日本語で手紙を書くことができますか。

11. 今日の単語を全部覚えることができますか。

12. 日本語でホテルを予約することができますか。

89

文法練習

1. 行った　2. 帰った　3. 渡した　4. 着た　5. した　6. 見た　7. もらった　8. 終わった

話してみましょう

1. いつシャワーを浴びますか。…犬の散歩に行った後、シャワーを浴びます。　（行きます）

2. いつ先生について話しますか。…先生が帰った後、先生について話します。　（帰ります）

3. いつ告白しますか。…チョコレートを渡した後、告白します。　（渡します）

4. いつ写真を撮りますか。…浴衣を着た後、写真を撮ります。　（着ます）

5. いつお金を払いますか。…注文した後、お金を払います。　（します）

6. いつお風呂に入りますか。…映画を見た後、お風呂に入ります。　（見ます）

7. いつ仕事を辞めますか。…ボーナスをもらった後、仕事を辞めます。　（もらいます）

8. いつ質問しますか。…授業が終わった後、質問します。　（終わります）

90

省略

91

文法練習

1. する / しない / した / しなかった　2. 弾く / 弾かない / 弾いた / 弾かなかった

3. 泳ぐ / 泳がない / 泳いだ / 泳がなかった　4. 返す / 返さない / 返した / 返さなかった

5. 呼ぶ / 呼ばない / 呼んだ / 呼ばなかった　6. 休む / 休まない / 休んだ / 休まなかった

7. 泊まる / 泊まらない / 泊まった / 泊まらなかった　8. 来る / 来ない / 来た / 来なかった

話してみましょう

1. 明日、部屋の掃除をする？…ううん、しない。

2. 昨日、ピアノを弾いた？…ううん、弾かなかった。

3. 明日、プールで泳ぐ？…ううん、泳がない。

4. 昨日、本を返した？…ううん、返さなかった。

5. 明日、タクシーを呼ぶ？…ううん、呼ばない。

6. 昨日、会社を休んだ？…ううん、休まなかった。

7. 明日、ホテルに泊まる？…ううん、泊まらない。

8. 昨日、スマホを持って来た？…ううん、持って来なかった。

9. 昨日、トイレの掃除をした？…ううん、しなかった。

10. 明日、ギターを弾く？…ううん、弾かない。

11. 昨日、海で泳いだ？…ううん、泳がなかった。

12. 明日、お金を返す？…ううん、返さない。

13. 昨日、友達を呼んだ？…ううん、呼ばなかった。

14. 明日、学校を休む？…ううん、休まない。

15. 昨日、旅館に泊まった？…ううん、泊まらなかった。
16. 明日、彼を連れて来る？…ううん、連れて来ない。

文法練習

1. 暑くない。　2. 暑い？　3. 暇。（暇だ。）　4. 暇じゃない。　5. 暇？

話してみましょう

1. 今日は寒い？…ううん、寒くないよ。
2. 日本語は簡単？…ううん、簡単じゃないよ。
3. 今、雨？…ううん、雨じゃないよ。
4. 犬が好き？…ううん、好きじゃないよ。
5. 体の調子はいい？…ううん、よくないよ。
6. この問題は無理？…ううん、無理じゃないよ。
7. 彼（彼女）がほしい？…ううん、ほしくないよ。
8. 勉強したい？…ううん、勉強したくないよ。
9. コーヒーが嫌い？…ううん、嫌いじゃないよ。
10. 今、忙しい？…ううん、忙しくないよ。
11. 日本人？…ううん、日本人じゃないよ。
12. 旅行に行きたい？…ううん、行きたくないよ。
13. 仕事は大変？…ううん、大変じゃないよ。
14. テニスは上手？…ううん、上手じゃないよ。
15. スマホの調子はいい？…ううん、よくないよ。
16. 授業は楽しい？…ううん、楽しくないよ。

文法練習

1. 暑かった。　2. 暑くなかった。　3. 暑かった？　4. 暇だった。　5. 暇じゃなかった。
6. 暇だった？

話してみましょう

1. 昨日(きのう)は雨(あめ)だった？…ううん、雨(あめ)じゃなかった。

2. 昨日(きのう)の天気(てんき)はよかった？…ううん、よくなかった。

3. 前(まえ)のテストは簡単(かんたん)だった？…ううん、簡単(かんたん)じゃなかった。

4. 今朝(けさ)は涼(すず)しかった？…ううん、涼(すず)しくなかった。

5. 昨日(きのう)、公園(こうえん)は人(ひと)が多(おお)かった？…ううん、多(おお)くなかった。

6. 昨日(きのう)の晩(ばん)、暇(ひま)だった？…ううん、暇(ひま)じゃなかった。

7. そこの風景(ふうけい)はきれいだった？…ううん、きれいじゃなかった。

8. 先週(せんしゅう)の体(からだ)の調子(ちょうし)はよかった？…ううん、よくなかった。

9. 昨日(きのう)のカレーはおいしかった？…ううん、おいしくなかった。

10. 昨日(きのう)、暇(ひま)だった？…ううん、暇(ひま)じゃなかった。

11. 昨日(きのう)の映画(えいが)はおもしろかった？…ううん、おもしろくなかった。

12. そのかばんは高(たか)かった？…ううん、高(たか)くなかった。

94

話してみましょう　（会話例(かいわれい)）

1. ゆうべ（昨日(きのう)の晩(ばん)）、何(なに)を食(た)べた？…カレーを食(た)べたよ。…どうだった？…おいしかったよ。

2. 先週(せんしゅう)、何(なに)か買(か)った？…何(なに)か買(か)わなかったよ。…そっか。

3. 今日(きょう)、何(なに)の飲(の)んだ？…朝(あさ)、コーヒーを飲(の)んだよ。…どうだった？…普通(ふつう)だったよ。

4. 昨日(きのう)、どこに行(い)った？…会社(かいしゃ)に行(い)ったよ。…どうだった？…いつもと同(おな)じだったよ。

5. 今朝(けさ)、朝(あさ)ごはん何(なに)を食(た)べた？…何(なに)も食(た)べなかったよ。…そっか。

6. 先週(せんしゅう)の日曜(にちよう)、どこに行(い)った？…山登(やまのぼ)りに行(い)ったよ。…どうだった？…いい景色(けしき)だったよ。

7. 最近(さいきん)、どんな本(ほん)（何(なん)の本(ほん)）を読(よ)んだ？…村上春樹(むらかみはるき)の本(ほん)を読(よ)んだよ。…どうだった？…おもしろかったけど、ちょっと怖(こわ)かったよ。

8. ゆうべ（昨日(きのう)の晩(ばん)）、何(なに)をした？…友達(ともだち)と会(あ)ったよ。…どうだった？…楽(たの)しかったよ。

文法練習

1. 帰る / 帰った　2. 浴びる / 浴びた　3. 来る / 来た　4. 出る / 出た　5. 入る / 入った

話してみましょう

1. 〜さんはいつも、何時に帰りますか。…帰る時間は〜時です。

2. 〜さんは昨日、何時にシャワーを浴びましたか。…シャワーを浴びた時間は〜時です。

3. 〜さんは来週、学校に何時に来ますか。…学校に来る時間は〜時です。

4. 〜さんは今日、何時に家を出ましたか。…家を出た時間は〜時です。

5. 〜さんは今晩、何時にお風呂に入りますか。…お風呂に入る時間は〜時です。

6. 〜さんは昨日、何時に家に帰りましたか。…家に帰った時間は〜時です。

7. 〜さんはいつも、何時にシャワーを浴びますか。…シャワーを浴びる時間は〜時です。

8. 〜さんは今日、何時にここに来ましたか。…ここに来た時間は〜時です。

9. 〜さんは明日、何時に家を出ますか。…家を出る時間は〜時です。

10. 〜さんは昨日の晩、何時にお風呂に入りましたか。…お風呂に入った時間は〜時です。

文法練習

帽子等：かぶる / かぶっている　　　スーツ等：着る / 着ている

ズボン等：はく / はいている　　　めがね等：する / している

話してみましょう　（回答部分は省略）

1. 教室に帽子をかぶっている人がいますか。

2. 教室に黒いズボンをはいている人がいますか。

3. 教室にイヤリングをして（つけて）いる人がいますか。

4. 教室にめがねをして（かけて）いる人がいますか。

5. 教室にセーターを着ている人がいますか。

6. 教室にジーンズをはいている人がいますか。

7. 教室に着物を着ている人がいますか。

8. 教室にヘルメットをかぶっている人がいますか。

9. 教室にネックレスをして（つけて）いる人がいますか。

10. 教室にコートを着ている人がいますか。

話してみましょう

1. 自分が今から家を出る時、何と言いますか。…「いってきます」と言います。

2. レストランでお店の人を呼ぶ時、何と言いますか。…「すみません」と言います。

3. 自分が家に着いた時、何と言いますか。…「ただいま」と言います。

4. 友達の家に入る時、何と言いますか。…「お邪魔します」と言います。

5. 朝、人に会った時、何と言いますか。…「おはようございます」と言います。

6. ごはんを食べた時、何と言いますか。…「ごちそうさまでした」と言います。

7. 友達にチョコレートをあげる時、何と言いますか。…「これ、どうぞ」と言います。

8. 夜、寝る時、何と言いますか。…「おやすみなさい」と言います。

9. 店にお客さんが来た時、何と言いますか。…「いらっしゃいませ」と言います。

10. お正月にその年、初めて友達に会った時、何と言いますか。…「あけましておめでとうございます」と言います。

話してみましょう

1. 昨日、昼ごはんを食べましたか。…はい、食べました。…どこで食べたんですか。…～で食べました。…いつ食べたんですか。…～時くらいに食べました。

2. 昨日、テレビを見ましたか。…はい、見ました。…どこで見たんですか。…～で見ました。…いつ見たんですか。…～時くらいに見ました。

3. 昨日、歯を磨きましたか。…はい、磨きました。…どこで磨いたんですか。…～で磨きました。…いつ磨いたんですか。…～時くらいに磨きました。

4. 昨日、MRT（バス）に乗りましたか。…はい、乗りました。…どこで乗ったんですか。…～で乗りました。…いつ乗ったんですか。…～時くらいに乗りました。

5. 最近、クレジットカードを使いましたか。…はい、使いました。…どこで使ったんですか。…～で使いました。…いつ使ったんですか。…～時くらいに使いました。

6. 昨日、飲み物を飲みましたか。…はい、飲みました。…どこで飲んだんですか。…～で飲みました。…いつ飲んだんですか。…～時くらいに飲みました。

7. 昨日、スマホを充電しましたか。…はい、充電しました。…どこで充電したんですか。…～で充電しました。…いつ充電したんですか。…～時くらいに充電しました。

8. 昨日、顔を洗いましたか。…はい、洗いました。…どこで洗ったんですか。…～で洗いました。…いつ洗ったんですか。…～時くらいに洗いました。

9. 昨日、シャワーを浴びましたか。…はい、浴びました。…どこで浴びたんですか。…～で浴ました。…いつ浴びたんですか。…～時くらいに浴びました。

10. 昨日、友達と話しましたか。…はい、話しました。…どこで話したんですか。…～で話ました。…いつ話したんですか。…～時くらいに話しました。

99

話してみましょう

1. 昨日、掃除しました。…どうして掃除したんですか。…部屋がめちゃめちゃだったからです。

2. 昨日、会社を休みました。…どうして（会社を）休んだんですか。…風邪だったからです。

3. 昨日、家で本を読みました。…どうして（本を）読んだんですか。…暇だったからです。

4. 昨日、海の写真を 10 枚も撮りました。…どうして 10 枚も撮ったんですか。…きれいだったからです。

5. 昨日、焼き肉を山ほど食べました。…どうして山ほど食べたんですか。…食べ放題だったからです。

6. 昨日、ケーキを買いました。…どうして（ケーキを）買ったんですか。…母の誕生日だったからです。

7. 昨日、スーツを着ました。…どうして（スーツを）着たんですか。…結婚式だったからです。

8. 昨日、温泉に行きました。…どうして（温泉に）行ったんですか。…家のお風呂が故障だったからです。

9. 昨日、ずっと家でゴロゴロしていました。…どうしてゴロゴロしていたんですか。…休みだったからです。

10. 昨日、散歩に行きました。…どうして散歩に行ったんですか。…いい天気だったからです。

100

省略

135

國家圖書館出版品預行編目資料

兩人一組！開口就能學日語2 / 中村直孝、林怡君合著
-- 初版 -- 臺北市：瑞蘭國際, 2023.04
136面；19 x 26公分 --（日語學習系列；73）
ISBN：978-626-7274-10-1（第2冊：平裝）
1. CST：日語 2. CST：會話

803.188   112002142

日語學習系列 73
兩人一組！開口就能學日語

作者｜中村直孝、林怡君
責任編輯｜葉仲芸、王愿琦
校對｜中村直孝、林怡君、葉仲芸、王愿琦

封面設計、版型設計｜劉麗雪、陳如琪
內文排版｜陳如琪
美術插畫｜KKDRAW

瑞蘭國際出版
董事長｜張暖彗・社長兼總編輯｜王愿琦
編輯部
副總編輯｜葉仲芸・主編｜潘治婷
設計部主任｜陳如琪
業務部
經理｜楊米琪・主任｜林湲洵・組長｜張毓庭

出版社｜瑞蘭國際有限公司・地址｜台北市大安區安和路一段 104 號 7 樓之一
電話｜(02)2700-4625・傳真｜(02)2700-4622・訂購專線｜(02)2700-4625
劃撥帳號｜19914152 瑞蘭國際有限公司
瑞蘭國際網路書城｜www.genki-japan.com.tw

法律顧問｜海灣國際法律事務所　呂錦峯律師

總經銷｜聯合發行股份有限公司・電話｜(02)2917-8022、2917-8042
傳真｜(02)2915-6275、2915-7212・印刷｜科億印刷股份有限公司
出版日期｜2023 年 04 月初版 1 刷・定價｜350 元・ISBN｜978-626-7274-10-1